Dieses Buch wurde ausgezeichnet
mit dem Deutschen Jugendbuchpreis

Angelika Kutsch

# Man kriegt nichts geschenkt

[redacted]

Otto Maier Verlag Ravensburg

Ravensburger Junge Reihe
Herausgegeben von Elisabeth Raabe

7 6 5 82 81 80


Umschlagkonzeption: Hans-Peter Willberg
Umschlaggestaltung: Manfred Limmroth
Gesamtherstellung: Druckhaus Ernst Kaufmann, Lahr
Printed in Germany
ISBN 3-473-35052-4
(1.-3. Auflage erschienen im Union Verlag Stuttgart
unter ISBN 3-8002-5346-1)

# I

Vor zwei Jahren war alles anders gewesen. Manchmal dachte Silke daran, wie großartig sie sich gefühlt hatte. Wenn die Schule erst einmal vorbei ist, hatte sie gedacht, dann wird alles besser. Die letzten Wochen vor Schulabschluß waren ein reines Vergnügen gewesen. Und dann der letzte Tag! Sie hatte gar nicht mehr so genau auf das gehört, was der Direktor sagte. Niemand konnte sie mehr abfragen, was sie verstanden und behalten hatte. Hinterher waren sie im Gänsemarsch an ihrer Klassenlehrerin vorbeigezogen. Sie hatte jedem einzelnen die Hand gegeben. Man hatte es eilig gehabt, keine Zeit für rührselige Worte, alles Gute, vergiß deine alte Lehrerin nicht. Vielleicht hatte sie jedem dasselbe gesagt? Ihre Hand war schon klebrig vom vielen Händeschütteln gewesen. Wenn du einmal Sorgen hast, komm zu mir. Sorgen? Die ließ man doch gerade hinter sich! Sorgen konnte einem nur die Schule bereiten.
Zuerst war man noch ganz manierlich gegangen, vielleicht unter dem Eindruck der festlichen Stunde. Aber spätestens am Hauptportal war alles vergessen gewesen. Die Tür war weit geöffnet und doch nicht weit genug, um die hinausdrängenden Schülermassen reibungslos durchzulassen. Es war ein Zufall gewesen, daß an jenem scheinbar bedeutungsvollen Tag die Sonne geschienen hatte. Aber vor zwei Jahren war es wie ein Versprechen für einen neuen, schöneren Lebensabschnitt gewesen.
Es war ein Genuß, noch einen Blick zurück auf die grauen verstaubten Fenster zu werfen, den Schulhof nicht zu vergessen, dieses gehaßte asphaltierte Viereck, auf dem man sich beim Toben in der Pause so oft die Knie blutig geschlagen hatte.

Die Schüler der neunten Klasse hatten keine Zeit mehr füreinander gehabt. »Bis bald«, hatten sie sich zugerufen und waren auseinander gelaufen. Über ihre Zukunft und diesen Tag hatten sie lange genug geredet. Später, wenn sie mehr von ihrer neuen Freiheit wußten, wollten sie sich wiedertreffen. Da war kaum jemand gewesen, der nicht wußte, was er werden wollte, Friseuse, Schneiderin, Verkäuferin, Maschinenschlosser, Feinmechaniker, Elektriker – an ihnen sollte es nicht liegen, wenn es diesen Berufsständen an Nachwuchs mangelte. Ein Ziel hatten sie gemeinsam: Geld verdienen.

Silke war mit dem wohligen Gefühl heimgegangen, daß sie es leichter haben würde als die anderen. Es war sicher kein Spaß, ganz fremd in einer großen Firma anzufangen. Sie hatte ihre Lehrstelle ohne Anstrengung bekommen, ohne die unangenehme Prozedur, sich vorstellen zu müssen. Lehrling beim Vater, das war eine sichere Sache. Eigentlich brauchte sie gar nichts mehr zu lernen. Was konnte es noch geben, was sie nicht wußte? Während der Ferien hatte sie oft im Laden ausgeholfen, Käse geschnitten, Wurst abgewogen und Milch gezapft. Das war schon einige Jahre her. Milch gab es nur noch in Tüten, und inzwischen hatte der Vater sogar eine Rechenmaschine angeschafft, so daß sie sich nicht einmal mehr beim Zusammenzählen anstrengen mußte! Jetzt kam der heitere Teil des Lebens.

Die Familie hatte sie noch in der Einbildung bestärkt, daß es wunder was für ein großartiger Tag sei. Sie hatten sich zu ihrem Empfang an der Haustür aufgereiht, die Mutter natürlich nicht. Sie mußte den Laden hüten. Ihr strahlendes Gesicht schwebte wie ein freundlicher Mond vor dem dunklen Hintergrund über einer Pyramide von Dosenmilch im Schaufenster; so sah es jedenfalls später auf dem Foto aus, das der Vater von ihnen machte: seine drei Töchter in Reih und Glied. Silke überragte beide Schwestern, knochig, ein bißchen zerknautscht sah sie aus (sogar an diesem

Tag!), die Hände in den Manteltaschen (»Mußt du die Arme immer bis an die Ellenbogen in die Taschen stecken?« hatte die Mutter gefragt.) Rechts von Silke die Älteste – Gisela, zart wie eine Blume (sagte die Großmutter), unerträglich überlegen in ihrem Kittel, wie aus dem Ei gepellt. Links von Silke die Jüngste, Dagmar, ein Bein vorgestellt, die Arme über dem Bauch verschränkt, den Kopf etwas schiefgelegt. Die Haltung hatte sie schon lange vor dem Spiegel geübt. Vor zwei Jahren konnte man noch getrost Dacki zu ihr sagen. Da war sie nur ein kleines Mädchen gewesen, dem ständig die Kniestrümpfe rutschten und das um den Kopf herum wie eine Windsbraut aussah. Inzwischen ging sie ins Gymnasium und war fast so groß wie Silke.

Damals war natürlich auch Frau Bartels, die Hausmeisterin, dabeigewesen. Als unten fotografiert wurde, hatte sie ihren Kopf schnell zurückgezogen, weil sie morgens ihre Haare noch auf Lockenwickler gerollt trug. Dabei war später das Fenster im ersten Stock gar nicht auf dem Bild zu sehen. Für Frau Bartels war es auch ein besonderer Tag gewesen. Sie freute sich über jedes Kind in der Eisenbahnstraße, das dem Spielalter entwachsen war. Kreidestriche auf dem Gehweg, das Bumsen von aufschlagenden Bällen und Fahrradspuren im Hausflur waren ihr ein Greuel. Außerhalb der Wohnung durfte man nicht singen, nicht solange man Kind war, und wenn man erwachsen war, tat man es ja ohnehin nicht mehr.

Wohlgefällig hatte sie auf die drei hinabgesehen. »Na, Silke«, hatte sie gesagt, »nun hast du es ja geschafft. Jetzt muß ich wohl bald Sie zu dir sagen.«

Und Gisela hatte gekichert, weil sie genau dasselbe vor drei Jahren bei ihrem Schulabgang zu hören bekommen hatte. Frau Bartels sagte heute noch »Gischi« und »du« zu ihr. Natürlich duzte sie auch Silke immer noch. Es war ein Glück, daß man »Silke« nicht verniedlichen konnte.

Jener Tag im Frühsommer vor zwei Jahren war wie Geburtstag gewesen. Silke hatte im Mittelpunkt gestanden, ihr ganz allein hatte der Tag gehört. Natürlich war Giselas Schulabgang drei Jahre zuvor auch gebührend gefeiert worden. Aber wenn es einem selbst galt, war es doch noch um eine Spur feierlicher, der Aufmarsch an der Haustür, die Großmutter in weißer Schürze in der Küche, zum Mittag gab es Nudeln in Tomatensauce – das Lieblingsessen aller drei Mädchen, sehr zum Leidwesen der Eltern –, und nachmittags kam Besuch.

Vor zwei Jahren hatte Silke Onkel Sepp noch gern gehabt. Wo er war, da wurde gelacht. Man konnte glauben, daß er alle Leute, sich selbst eingeschlossen, für einen guten Witz und das Leben für ein einziges Vergnügen hielt. Er sagte »Alte« zu seiner Frau, und das hatte Silke vor zwei Jahren auch noch lustig gefunden. Aber irgendwann hatte sie gemerkt, daß Tante Gertrud noch gar nicht so alt war, nur sehr still, und daß sie so selten lachte.

Auf Silke hatte Onkel Sepp es ganz besonders abgesehen. Er hatte Ansichten über sie, die die Familie nicht teilte. »Du bist ja gar kein richtiges Mädchen«, hatte er sie früher gehänselt, »du mit deinen Fußballerbeinen!« Ein Grund, warum sie jetzt immer lange Hosen trug. Inzwischen fand er ihr Gesicht zu unscheinbar – das strubblige, halblange Haar, die hellen Augenbrauen, fast blond, die Augen manchmal grau wie altes verwaschenes Holz, manchmal schmutzigblau wie die Plane, mit der sie ihren Gemüsekarren abdeckte, die Nase gerade zwar, vielleicht eine Spur zu breit, aber wer hat schon eine makellose Nase? »Streich dir die Lippen ruhig ein wenig an«, hatte er ihr am Tag des Schulabschlusses geraten, »das schadet der Moral nichts, auch wenn Großmutter das Gegenteil behauptet!«

Die Großmutter hatte noch nie viel darauf gegeben, was Onkel Sepp sagte. Obwohl er inzwischen ein stattlicher Herr mit Bauchansatz und Geheimratsecken geworden war, sah sie in ihm immer noch den hergelaufenen Strolch, der ihr die einzige Tochter weggenommen hatte. Sie setzte alles daran, daß er ihr nun »nicht auch noch die Enkelkinder verdarb«.

Es hatte einen Mißton bei der Feier gegeben (bei Kapsreiters gab es eigentlich keine Feier ohne Mißton). »Das wäre doch die Gelegenheit«, hatte Onkel Sepp bei einem feierlichen Trinkspruch mit erhobener Kaffeetasse gesagt, »noch einmal über Silkes Zukunft zu reden!«

Herr Kapsreiter war sofort hellhörig geworden. »Was willst du damit sagen?«

Er hatte den gefürchteten »Na-warte«-Ausdruck in den Augen, der natürlich auf Onkel Sepp nicht den gleichen Eindruck wie auf die Kapsreitermädchen machte.

»Josef!« hatte Tante Gertrud beschwichtigend geflüstert.

»Ich möchte gar zu gern Silkes eigene Ansicht über ihre Zukunft hören.«

Onkel Sepp war beharrlich.

Silke hatte ihn verständnislos und ein wenig erschrocken angesehen. Das war wie Abfragen in der Schule. In dem Augenblick, in dem man wußte, daß etwas Besonderes von einem erwartet wurde, versagte man, wurde unsicher, riet, ahnte –. Und im übrigen hatte sie sich wirklich keine Gedanken über ihre Zukunft gemacht. Nur fort von der Schule, frei sein, erwachsen werden. Schulschluß und Erwachsensein – das hatte sie gleichgesetzt. Sie war mit allem einverstanden gewesen, wenn sie nur mit der Schule aufhören durfte, dieser elenden Tretmühle, die nur aus Ängsten und Zwängen bestand.

»Du guckst mich an wie eine Kuh, wenn's donnert«, hatte Onkel Sepp gesagt, »ist es denn so schwer, klipp und klar zu sagen, was du werden wolltest, bevor dir die anderen einen Beruf ausgesucht haben?«

»Warum sollte ausgerechnet Silke einen Wunsch haben?« hatte Gisela spitz gefragt, sicherlich beleidigt, weil Onkel

Sepp bei ihrer Feier nicht so sehr an ihrem Schicksal teilgenommen hatte.

»Warum ausgerechnet Silke nicht? Mir scheint, ihr habt die Berufe nicht nach Spaß oder Begabung ausgesucht, sondern nach eigenem Bedürfnis«, hatte er sich wieder an Kapsreiters gewandt.

»Ich weiß nicht, was du meinst!« Frau Kapsreiter hatte hilflos ausgesehen. Sie hatte ihn wirklich nicht verstanden. Herr Kapsreiter mußte erst einen Schluck Schnaps trinken, bevor er antworten konnte. »Spaß und Begabung, daß ich nicht lache! Frag doch mal so eine vierzehnjährige Göre! Die haben nichts anderes im Kopf als Fotomodell oder Stewardeß, Schlagerstar oder berühmte Malerin!«

Eine Weile war es still gewesen, als warteten die anderen auf Silkes Protest. Aber Silke wußte, wie sinnlos es war, sich mit dem Vater auf einen Streit einzulassen, und hatte es vorgezogen, zu schweigen. »So wie ich Silke kenne«, hatte Onkel Sepp wieder angefangen, »hat sie weder eine Starkarriere im Kopf, noch will sie Stewardeß werden. Was weißt du, ob sie nicht lieber Tankwart oder Elektriker, Buchdrucker oder Gärtnerin werden möchte?«

Dagmar hatte gekichert, auch die Mutter hatte gelächelt, aber Herr Kapsreiter war ernst geblieben. »Wenn nicht das, dann eben Malerin oder so was. Sie hat früher immer gesagt, sie wolle mal was mit Zeichnen werden. Hirngespinste! Was hast du dir denn darunter vorgestellt?« Drohend hatte er sich an Silke gewandt, die ja letzten Endes auch Anlaß zu diesem Streit war. »Gut, du hast immer schöne Blümchen gemalt. Aber das ist mir zu unsicher. Mit Blümchen kann man kein Geld verdienen!«

Silke hatte geschwiegen, eingeschüchtert und ratlos. Sie hätte so gern ein lustiges Fest gehabt. Die Blumen, das Zeichnen – ja! Aber das war lange her. Das konnte sie heute selbst nicht mehr ernst nehmen.

»Es hat ihr eben Spaß gemacht«, hatte die Mutter gemeint.

»Auf den Spaß kommt es nicht an! Vom Spaß kann man nicht leben!« hatte der Vater gewettert. »Es gibt zu viele, die hübsch zeichnen können.«
»Sie hatte immer eine Eins!«
»Und ich hatte immer eine Eins im Sport!« hatte der Vater gebrüllt, als müsse er jemanden übertönen. »Meint ihr, deswegen hätte ich aus dem Sport gleich einen Beruf machen wollen?« Er wollte sich noch einen Schnaps einschenken, aber die Mutter hatte seinen Arm festgehalten. Sie war die einzige, die sich so etwas erlauben konnte. »Nein, nein«, hatte er etwas beruhigt hinzugefügt, »ihr könnt sagen, was ihr wollt, mit einer soliden Ausbildung, glaubt es mir, kommt man am weitesten!«
»Niemand behauptet das Gegenteil.« So schnell gab sich Onkel Sepp nie geschlagen. Sonst wäre er wohl kein erfolgreicher Vertreter geworden. »Deine Ausbildung in Ehren. Aber ich werde das Gefühl nicht los, daß du kurzsichtig handelst. Egoistisch! Nur weil es deinem Laden im Augenblick nicht gutgeht und du dir keine fremde Hilfe leisten kannst, müssen deine Töchter Verkäuferinnen werden. Ich will dich mal was fragen. Wie lange, glaubst du, wird es Kapsreiters Milchladen noch geben? Wie lange werden die Häuser in der Eisenbahnstraße noch stehen? Das ist ein sanierungsbedürftiges Viertel. Allenthalben reißen sie alte Häuser ab. Was wollt ihr dann machen? Und was soll aus Silke werden?«
Das hätte er nicht sagen dürfen. Nun fielen alle über ihn her und waren sich wieder einig. So viel Schwarzmalerei an einem so schönen Tag! Ihnen ging es doch gut, was wollte er denn? Herr Kapsreiter war zufrieden, Silke war zufrieden, warum mischte er sich in Dinge ein, die ihn nichts angingen?
Der Streit endete wie alle Auseinandersetzungen in der Familie: Man brach ab. An irgendeinem Punkt entschloß man sich, Frieden zu schließen. Reden wir nicht mehr davon.

Schwamm drüber. Kein Problem war es wert, die Familie auf die Dauer zu entzweien. Der Familienfriede war wichtiger.
Trotzdem ließ Onkel Sepp sich keine Gelegenheit entgehen, seinen Schwager zu ärgern. Am liebsten machte er sich über das »Dreimäderlhaus« lustig. »Wie die Orgelpfeifen«, behauptete er. Das war nicht sehr geistreich, aber Herr Kapsreiter ärgerte sich trotzdem, weil er sich immer einen Stammhalter gewünscht hatte, einen kräftigen Jungen, der einmal den Laden übernehmen würde, wie er ihn von seinen Eltern übernommen hatte. Solange die Mädchen noch klein gewesen waren, hatte er gehofft, sie würden ihm wenigstens tüchtige Schwiegersöhne ins Haus bringen. Mit den Jahren schwand seine Hoffnung immer mehr. Er war ja nicht blind, er bemerkte, daß nach der Generation tüchtiger, solider Burschen – zu der er sich zählte – langhaarige Schwächlinge kamen, die kein anderes Vergnügen zu kennen schienen, als an den Straßenecken herumzulungern und andere Leute durch ihr Nichtstun zu beunruhigen. Von denen konnte und wollte sicher keiner eine Kiste Bier oder einen Sack voll Kartoffeln von der Stelle rücken.
Vor vielen Jahren hatte er einmal einen Gehilfen gehabt, der den Gemüsekarren am Neumarkt bewachte. Das war ein Kerl gewesen, kräftig, zuverlässig. Aber er ließ sich nicht halten. Die Zeiten änderten sich. Preise und Löhne stiegen. Herr Kapsreiter konnte nicht mehr mithalten, was den Lohn betraf. Daß den jungen Mann die Vorstellung, eines der Kapsreitermädchen einmal zu heiraten, damals nicht lockte, konnte man verstehen. Gisela war ein blasses, dünnes Mädchen gewesen – niemand in der Familie hielt es für möglich, daß sich je ein Mann für sie interessieren würde –, Silke gerade schulreif mit einer riesigen Zahnlücke und dünnen Rattenschwänzen, und Dagmar zählte überhaupt nicht: ein dickes Baby, das mit zwei Jahren noch immer kein Haar hatte.

Der Gehilfe kündigte. Die Milchläden, die Bäckereien und Gemüseläden in der Gegend am Güterbahnhof verschwanden. Der Supermarkt siegte. Nur Kapsreiters behaupteten sich. Darauf waren alle stolz, und es war ganz selbstverständlich, daß jeder seinen Teil dazu beitrug, das Geschäft zu erhalten.

Giselas Lehre bei Kapsreiter war gerade beendet, als Silke die Schule verließ. Ganz reibungslos war das nicht gegangen, nicht für Herrn Kapsreiter jedenfalls. Silkes Lehrerin hatte Einspruch erhoben. Das war wieder ein Beweis mehr, daß man nichts als Scherereien mit Mädchen hat. Die Lehrerin hatte ihn zu sich gebeten, um ihn zu überzeugen, wieviel besser es sei, Silke eine fortbildende Schule besuchen zu lassen. Silke sei nicht dumm, hatte die Lehrerin gesagt. Darauf war Herr Kapsreiter natürlich stolz, aber es änderte nichts an seinem Entschluß. Es sei nicht mehr üblich, hatte die Lehrerin hinzugefügt, Mädchen nichts lernen zu lassen nach den Pflichtschuljahren, nur weil es Mädchen waren, die ja doch bald heirateten.

Da war Herr Kapsreiter explodiert. Er war leicht erregbar, und jeder in der Familie nahm Rücksicht auf seine Empfindlichkeit. Aber das konnte die Lehrerin nicht wissen. Eine Lehre bei ihm, ob die wohl schlechter sei als eine andere, hatte er gewettert. Nirgends, aber auch nirgends, werde seine Tochter eine bessere Ausbildung erhalten als beim eigenen Vater. Er brauchte schließlich kein Blatt vor den Mund zu nehmen, wenn es mal nicht richtig klappte. Ihm könnte schon mal die Hand ausrutschen, und das schadete ihr nichts. Er würde ihr genau das richtige Rüstzeug fürs Leben mitgeben. Rücksichtnahme, Achtung vor den Älteren, wo lernte das die Jugend heute, wenn nicht im Elternhaus? Um ihrem zukünftigen Ehemann den Haushalt zu führen, brauchte sie nicht das Abitur. Was sie wissen mußte, um ihren Mann nicht zu vergiften und um von niemandem übers Ohr gehauen zu werden, das wußte sie, das

hatte er ihr schon beigebracht. All das andere unnütze Zeug – so drückte er sich aus –, was sie bis heute in der Schule gelernt habe, werde sie morgen vergessen.
»Hoffentlich nicht«, hatte die Lehrerin betrübt gesagt. Beim Abschied hatte sie Silkes Hand besonders gedrückt. »Wenn du einmal Sorgen hast . . .«
Aber Silke hatte es eilig gehabt wie alle anderen.
Nur fort von der Schule! Keine Hausaufgaben, kein Stillsitzen mehr. Jetzt fing das Leben erst an!
Anfangs war wirklich alles ein Spaß gewesen. Wie zu Großvaters Lebzeiten verkündete das Schild über der Tür mit der ausgehöhlten Schwelle in altmodischen Schnörkeln »Milch«. Inzwischen verkauften sie alles, vom Kaffee über Wurst und Marmelade bis zu Senf und Zwiebeln. In den ersten Wochen nach der Schule hatte Silke die Arbeit genossen. Sie ordnete Joghurt nach Früchten und Farben, kletterte auf Trittleitern (weil das die Mutter schon nicht mehr so recht konnte), rückte Weinflaschen zurecht und staubte Konservendosen ab. Sie sang und war fröhlich, und die Kunden hielten sie für ein nettes Mädchen.
Aber auf die Dauer wurde es ihr langweilig, ein nettes Mädchen zu sein. Die Leute, die bei Kapsreiter ihre Brötchen kauften, kannten die Mädchen schon von Kindheit an, sie sagten »du« und konnten es nicht lassen, einem alte Schwächen, die man längst abgelegt hatte, unter die Nase zu reiben.
Dazu Vaters ständige Nörgeleien: »Red' nicht so ein dummes Zeug mit den Leuten«, »Verbrauch nicht so viele Tüten . . .« – das verdarb ihr so manchen Tag. Wenn sie sich beklagte, wies Gisela sie darauf hin, daß Lehrjahre keine Herrenjahre seien. Wie oft hatte sie das wohl selbst vom Vater zu hören bekommen?
Es war Silkes Glück, daß Gisela am Gemüsekarren versagte. Sie war zu schwach, um die Kisten allein zu heben, und außerdem war sie häufig erkältet. Herr Kapsreiter hatte sie

zwar im Verdacht, daß sie mit Absicht Schnupfen bekam, wenn der Wind nur ein wenig spürbarer blies, aber er sah ein, daß es nicht so weitergehen konnte. »Mit der roten Nase kriegt sie nie einen Mann«, hieß es in der Familie, und die Schuld wollte er nicht auf sich nehmen. Deswegen bestimmte er, daß Silke im Frühjahr den Gemüsekarren übernehmen solle. Sie freute sich darauf und zählte die Tage. Wenn sie erst einmal am Neumarkt Gemüse verkaufte, dachte sie damals, würde alles viel besser.

Der Neumarkt war kein zentraler Punkt, den man auf den ersten Blick auf dem Stadtplan fand, auf manchem Plan war er gar nicht verzeichnet, weil er schon zu weit am Rande der Stadt lag. Aber für die Stadtrandbewohner war er wichtig. Für sie war er die Verbindung zur City, der Ausgangspunkt für Vergnügen und Arbeit. Hier trafen sich viele Straßenbahnlinien. Am Neumarkt wurden Fahrer, Kontrolleure und Passagiere ausgetauscht. Das Gedränge in den Verkehrsmitteln verlegte sich auf den Platz. Man lief der 21 nach, der 3 entgegen, kaufte hier noch eine Zeitung, dort einen Tulpenstrauß für einen Kollegen, der Geburtstag hat, oder für sich selbst, weil die Tulpen gerade so billig waren.

Es war jeden Tag das gleiche Bild mit geringen Abweichungen, den Jahreszeiten und Wochentagen entsprechend; montags war man gereizt, weil die Woche anfing, donnerstags war man erschöpft von der Woche, freitags brachte man den Tippschein zur Lotto-Annahmestelle.

Im Winter bewegten sich alle ein wenig schneller auf ihr Ziel zu. Wenn der Schloßteich zugefroren war, kamen sogar Kinder aus dem Stadtinnern, warm angezogen und die Schlittschuhe über der Schulter.

Der Stadtteil um den Neumarkt war alt, auch wenn der Name des Platzes das Gegenteil sagte. Irgendwann einmal war er der Mittelpunkt einer kleinen Ortschaft nicht weit von der Großstadt gewesen, umgeben von seinerzeit respektablen Mietshäusern. Die Linden, die den schotterbedeckten Platz säumten, waren klein und niedlich gewesen. Vom Neumarkt aus waren alle wichtigen Gebäude einer kleinen Gemeinde – ein Bahnhof, die Schule, das Rathaus, das Schloß, das Gasthaus – schnell erreichbar gewesen. Inzwischen hatte die Großstadt den Neumarkt überrannt, hatte ihn überwuchert mit Wohnblocks und Fabrikhallen. Längst waren die Straßen verbreitert und asphaltiert. Vom alten Neumarkt war eine kleine Straßenbahninsel in der Mitte sich kreuzender Schienen übriggeblieben. Die Linden warfen ausladende Schatten und ersparten den Geschäftsleuten im Sommer Jalousien. In der Nische zwischen Apotheke und Bibliothek hatte Kapsreiter einen Platz für seinen Gemüsekarren gemietet. Jedes Frühjahr mit dem ersten warmen Sonnenstrahl wurde der Karren aufgebaut. Er war alt und klapprig, die Plane graublau und verwaschen vom Regen. Das Schild seitlich am Karren war kaum noch zu entziffern, so alt war es schon.

Es war ein guter Platz, an heißen Tagen beschattet von den Linden, bei schlechtem Wetter windgeschützt. Zwar gab es neben Sparkasse und Post im ehemaligen Rathaus auch noch einen Frisör, eine Drogerie, einen Schuhmacher und den Supermarkt. Aber wer an der Ecke wohnte, dem war der Weg über drei Fußgängerampeln zu weit für einen Blumenkohlkopf.

Es gab auch einige alte Leute, die kamen wegen der netten Verkäuferin. Die alten Damen mißtrauten dem unpersönlichen Supermarkt. Dort wurde die Ware nicht mit einem freundlichen Lächeln angeboten. Die Frau an der Waage war barsch, und im Rücken hatte man eine Schlange ungeduldiger junger Hausfrauen, die nicht verstanden, daß man sich so lange bedenken, den Salatkopf erst betasten mußte, ehe man sich entschied. Da ging man doch lieber einige Schritte weiter zu Kapsreiters Gemüsekarren.

Kapsreiters Tochter war unbekümmert und flink, zu ihr konnte man getrost »du« sagen. In den ersten Wochen hatte sie sich oft verrechnet, wenn sie mehr als drei Posten zusammenzählen mußte. Wenn sie den Fehler bemerkte, lachte sie und raufte sich in komischer Verzweiflung die Haare und gelobte, daß es nie wieder vorkommen werde. Ein bißchen flatterhaft, diese Silke, und vermutlich zu bequem, weiter zur Schule zu gehen, aber tüchtig, wenn es galt, Kartoffelsäcke zu entleeren und Kisten zu stapeln. Jeder sollte das tun, was ihm Spaß macht und seinen Fähigkeiten entspricht. Mit ihrem Äußeren konnte man ja nicht ganz einverstanden sein; immer dieselben Blue jeans, gebleicht vom vielen Waschen, sicher waren es auch noch dieselben Turnschuhe nach fast zwei Jahren, nur viel schmutziger. Die karierten Blusen, die sie bevorzugte, gaben ihrem Gesicht ein wenig Frische. Aber die Haare! Wollte sie denn ihr Leben lang mit diesen unappetitlichen Zotteln herumlaufen? Wollte sie niemandem gefallen? Langsam wurde es doch Zeit, daß sie etwas mehr auf ihr Äußeres achtete. So wie sie aussah, drehte sich kein anständiger junger Mann nach ihr um.
Silke lächelte verlegen zu allen Fragen und wunderte sich, was ihr anfangs so gut gefallen hatte an der Arbeit am Neumarkt. Wie begeistert war sie gewesen, wenn die Leute Schlange standen und sich um die Reihenfolge zankten! Dann verging die Zeit schneller, und wenn sie weniger zu tun hatte, war es ihr auch recht gewesen. Dann hatte sie sich ein wenig abseits auf die Steinmauer, die den Rasen vor der Apotheke einfaßte, gesetzt und sich die Sonne ins Gesicht scheinen lassen. Aber die Sonne schien nicht immer, und auf die Dauer war es langweilig, immer dieselben Kunden zu bedienen und die umliegenden Häuser anzustarren.
In der Eisenbahnstraße hatten ihre Träume bis zum Neumarkt gereicht. Als sie noch klein gewesen war, hatte das wilde Land beim Güterbahnhof als Traumland herhalten

müssen, das große Unbekannte, das man ersehnte. Aber schon mit zehn kannte sie jeden Winkel der halbverfallenen Buden, wußte, wie die Äpfel und Pflaumen in diesem Garten und im Garten nebenan schmeckten.

Das Traumland war entzaubert. Nun mußte sie sich weiter fort sehnen, hinein in die City, dort war das Leben, dort geschahen die interessanten Dinge. Der Neumarkt war nur ein Treffpunkt für die Straßenbahnen, die einen in den Mittelpunkt des Abenteuers bringen konnten.

Die jungen Leute vom Morgen warteten abends, wenn sie ihren Karren abdeckte, schon wieder auf eine Straßenbahn, eine Spur hübscher als am Morgen, strahlender, unterwegs zu einem Vergnügen. Bei ihnen schienen sich laufend Hoffnungen zu erfüllen, und Silke hatte ein neues Ziel: eine von ihnen zu sein, endlich all das zu erleben, wovon sie seit zwei Jahren träumte, und was sie bisher nur aus Romanen und Illustrierten kannte – unbeschwerte Jugend, sonnenflimmernd und taufrisch wie die Reklame für ein Deodorant.

Sie fing an, den Karren zu hassen: welke Salatköpfe wegwerfen, von den Äpfeln nur die gute Seite nach außen kehren, so tun, als mache es einem gar nichts aus, wenn einen die alten Damen fragten, ob man nicht wenigstens schon einen »kleinen Freund« habe. Als sie zu Hause ihre Unzufriedenheit bemerkten, hieß es: »Sie ist eben noch zu jung. Sie weiß nicht, was sie will.« War es vielleicht ein Zeichen von Reife, wenn man sich klaglos mit dem abfand, was die anderen für unabänderlich hielten? Manchmal, wenn sie die Straßenbahnen vorbeifahren sah, war ihr, als schaue sie nur zu, wie andere lebten, und dann dachte sie: »Das muß anders werden, etwas muß geschehen, etwas Besonderes!‹ Aber sie wußte nicht was.

Im Frühjahr war die Mutter gestorben. Ihr Tod verdrängte für eine Weile alles, was eben noch wichtig gewesen war. Sie hatte schon seit Weihnachten im Krankenhaus gelegen, und alle wußten, daß sie nicht mehr nach Hause kommen würde. Als sie dann starb, waren sie dennoch lange Zeit wie gelähmt gewesen. Nichts war wie früher. Ganz gleich, was man tat, ob es so alltägliche Handgriffe waren wie Krümel vom Tisch fegen, in den Briefkasten gucken, Streichhölzer suchen oder Herrn Schropp von gegenüber grüßen – immer war das Gefühl da, als ob nun alles anders sei, ganz anders, man wußte nur noch nicht wie.
Früher hatte es Dinge gegeben, die konnte man verschlafen, und am nächsten Morgen hatte einem die Mutter verziehen – oder man selbst verzieh. Manchmal hatte man über Nacht vergessen, warum man gestern traurig gewesen war. Den neuen Kummer konnte man nicht einfach vergessen. Das Rad, das mit dem Einschlafen langsam auslief, fing mit dem Erwachen sofort wieder an, sich zu drehen. Das Bett bot keine Geborgenheit mehr. Sobald man zur Ruhe kam, senkte sich die Stille des Zimmers bedrückend; da blieben alle Gedanken stehen, und wie sehr man sich auch dagegen wehrte: Wenn man die Augen schloß, zogen stumme Bilder der Erinnerung an einem vorbei, immer wieder andere Gesichter der Mutter. Man erinnerte sich, wie sie langsam zur Tür gegangen war, wenn es schellte, ohne Spannung, wer es sein könnte, wie sie mit einer Kundin über den Keuchhusten eines Kindes gesprochen, Dagmar gescholten und geduldig Ratschläge von Gisela angehört hatte, die sie wenig später alle vergaß. Dann schnitt sie das Brot wieder vor der Brust, und beim Kartoffelschälen hielt sie den Daumen immer in bedrohlicher Nähe des Messers. All ihre kleinen Fehler fielen einem wieder ein, Dinge, die man verabscheut hatte, erschienen einem plötzlich liebenswert.
Die Bilder wanderten vorbei, unendlich, stets wiederholbar – der Bruchteil eines fremden Lebens und gleichzeitig der

erste Abschnitt ihres eigenen Lebens, der mit dem Tod der Mutter abgeschlossen war. Jedes Familienmitglied reagierte anders auf den Kummer. Er schloß sie nicht fester zusammen. Im Gegenteil, manchmal schien es, als trieben sie immer weiter voneinander fort.

Der Vater war mürrischer und wortkarger als früher, er geriet noch leichter in Zorn, dem er noch hemmungsloser seinen Lauf ließ. Er kümmerte sich nicht darum, was die Mädchen trieben. Gisela, die bisher eine der Bravsten gewesen war, verschwand abends regelmäßig. Sie treffe Freundinnen, behauptete sie, dabei war sie angemalt, als gehe sie zum Fasching. Dagmar, die gerade auf dem Weg gewesen war, die »Dacki«-Zeiten hinter sich zu lassen, wurde plötzlich zu einem wehleidigen, quengelnden kleinen Mädchen. Sie war boshaft und selbstsüchtig und stieß jeden vor den Kopf, der ihr helfen wollte.

Die Mutter war noch gar nicht lange tot, da hatte Onkel Sepp die Idee mit dem Untermieter. »Vier Leute in sechs Zimmern«, sagte er, »das ist heutzutage reinste Verschwendung.« Dabei hatte er das Gästezimmer mitgezählt, und das durfte er eigentlich nicht; denn es war nur eine schmale Kammer, die kaum mehr Platz als für ein Bett und einen Stuhl bot. Niemand konnte sich erinnern, daß dort jemals Gäste übernachtet hätten. Alle Verwandten von außerhalb zogen es vor, bei Tante Gertrud und Onkel Sepp zu übernachten. Sie waren kinderlos und hatten eine schöne Neubauwohnung am Stadtrand im Westen.

Die Großmutter weigerte sich, ganz zu ihnen in die Eisenbahnstraße zu ziehen. Sie hatte ihre billige Wohnung zwei Straßenzüge weiter. »Irgendwo muß ich auch mal allein sein können«, sagte sie, »eines Tages werden die Mädchen heiraten, und dann kann ich zusehen, wo ich bleibe.«

Lange überlegten sie, welches Zimmer sie dem Untermieter geben könnten. Onkel Sepp schlug vor, das Eßzimmer aufzulösen. Das benutzten sie ja doch nicht mehr – und überhaupt, wer mochte diese alten, häßlichen Mahagonimöbel noch ansehen . . . Die Großmutter war dagegen, gerade wegen der guten alten Möbel.

Nun blieb nur noch eine Möglichkeit. Herr Kapsreiter erklärte sich bereit, in die Gästekammer zu ziehen. Was brauchte er noch mehr zum Leben als ein Bett, einen Stuhl und einen Aschenbecher? Die drei Mädchen sollten ins Elternschlafzimmer umsiedeln, das konnte man keinem Fremden überlassen. Gisela maulte ein wenig. Sie hätte gern endlich ein Zimmer für sich gehabt. Immer mit den »Kleinen« zusammen, das war für ihre fast zwanzig Jahre unwürdig, und die »Kleinen« waren beleidigt, weil sich beide nicht mehr »klein« fühlten, und so herrschte lange Zeit gespannte Stimmung.

Zum Möbelverschieben innerhalb der Wohnung kamen Onkel Sepp und Tante Gertrud. Sie nahm die Gelegenheit wahr, die Garderobe ihrer Schwägerin zu sichten. Niemand hatte sich bisher an Mutters Kleiderschrank gewagt. Nun standen sie in gemessener Entfernung und bestaunten den Reichtum der Mutter: Röcke, seidene Blusen, ein feierliches schwarzes Kleid – manche Stücke kannten sie wieder, manches hatten sie noch nie gesehen. Pullover, die Gisela der Mutter vom ersten selbstverdienten Geld geschenkt hatte, hatte die Mutter immer »geschont«. Alle Kapsreiter-Mädchen kannten sie nicht anders als in ihren bunten Kitteln, in denen sie hinterm Ladentisch und in der Wohnung hantierte. Sonntags hatte sie eine weiße Schürze getragen.

Tante Gertrud nahm jedes Stück in die Hand, drehte es, befühlte es, roch auch vielleicht daran. Dann legte sie alles auf einen Haufen. »Man kann das Zeug nicht einmal verschenken«, sagte sie zur Großmutter. »Daß die sich so wenig aus Kleidern gemacht hat!«

»Wann hatte sie denn Zeit?« fragte die Großmutter.

Und für wen, dachte Silke, sollte sie sich schönmachen?

Der Vater hatte sich während seiner Freizeit meistens unterm Auto verkrochen, und später abends war er vorm Fernsehapparat eingeschlafen.
Tante Gertrud verschnürte allen »Plunder« zu einem Bündel, das sie bei einer Sammelaktion des Roten Kreuzes an die Straße stellen wollte.
Der alte Kleiderschrank war leer geworden, und weil Dagmar ihn nicht leiden konnte, wurde er dem Untermieter ins Zimmer gestellt. Die Frisierkommode mit der gesprungenen Glasplatte, die zu Mutters Lebzeiten unbeachtet in einer Ecke verstaubte, wurde ans Licht gezogen, schräg zum Fenster, tollkühn, wie Dagmar sich einbildete. Es war ihre Idee, die schweren alten Ehebetten zu trennen, über Eck zu stellen, damit das Zimmer nicht gar so sehr nach Schlafzimmer aussah und damit jede ihren eigenen Winkel hatte, der durch die hohen Kopfstücke des Bettes entstand.
Silke konnte sich nicht mit dem neuen Zimmer befreunden. Es blieb kalt und fremd, trotz allen Krimskrams. Der bunte Plastikvorhang verdeckte ihre Garderobe. Dagmar fand das chic. Gisela bestand darauf, ihre Liege gleichfalls hinter einem Vorhang aufzustellen. Die alte Bettumrandung lag noch wie früher da, und das große, nackte Viereck, durch das graues Parkett schaute, erinnerte ständig daran, daß heute alles anders war. Der alte Küchentisch, dessen aufgequollene, zerschnittene Platte mit einem geblümten Tuch verdeckt wurde, stand ein wenig verloren mitten im Zimmer und wurde selten benutzt, weil Dagmar ihre Schularbeiten lieber auf dem Bett erledigte, die Bücher um sich verstreut und das Schreibheft auf den Knien.
Silke fühlte sich unbehaglich in dem fremden, breiten Bett mit den eingelegenen Vertiefungen und der mächtigen Holzwand am Kopfende. Da lag sie abends und dachte über ihre »Zukunft« nach, und je länger sie darüber nachdachte, um so schrecklichere Formen nahm das Ungeheuer an. Während der Schulzeit war diese Zukunft fern und kein

bißchen gefahrvoll gewesen. Trotz aller Drohungen kann Zukunft einem Schüler nichts anhaben. Aber sie war keine Schülerin mehr, geschützt von einer Klassenlehrerin, die es gut mit einem meinte. Jetzt schien es ihr, als habe sogar der langweilige Schulhof mit den hohen alten Bäumen einen gewissen Schutz gegen alle Gefahren von außen geboten. Plötzlich wurde ihr klar, daß sie schon mitten in ihrer Zukunft lebte. Jeder angebrochene Tag war Zukunft. Sie nutzte ab, ohne daß etwas Entscheidendes geschah, aufwachen, müde sein, frühstücken, Neumarkt, heimkommen, müde sein, Abendbrot essen, sich etwas wünschen – nichts tun.

War es das, was sie sich vor zwei Jahren vorgestellt hatte? Manchmal, wenn sie nicht schlafen konnte, stand sie auf und sah aus dem Fenster. Über den Dächern war der Nachthimmel rot angehaucht, der Glanz einer Großstadt, der auch nachts nicht verlosch. Dann hatte sie ein Gefühl wie Hunger. Es war ein Loch, das gefüllt werden wollte – aber womit? Sie hatte Angst, etwas könne ihr entgehen da draußen, was schön und wichtig für sie wäre, solange sie nicht wußte, wie es um Mitternacht im Park riecht und wie ein halber Mond aussieht, wenn man geküßt wird.

Sie träumte von dem zukünftigen Untermieter. Es sollte ein hübscher junger Mann sein – möglichst mit Bart und ein bißchen einsam, einer, der abends auf der Gitarre traurige Lieder spielte (bis Frau Bartels auf den Fußboden klopfte) und der nur schüchtern grüßte, wenn man ihm im Flur begegnete. Eines Tages würde sie ihm Kaffee zum Frühstück anbieten, und dann würden sie darauf kommen, daß sie denselben Weg zur Arbeit hätten.

Dabei waren sie sich lange nicht einig, ob sie einen männlichen oder einen weiblichen Untermeiter wählen sollten.

»Eine Frau hält sich morgens stundenlang im Bad auf«, behauptete der Vater, »sie will Wäsche waschen und Rouladen braten und was weiß ich. Ein Mann ist da viel bequemer!

Die Wäsche gibt er aus dem Haus, und morgens kocht er sich höchstens einen Pulverkaffee.«
»Männer sind ungeschickt«, jammerte die Großmutter. »Euer Untermieter wird euch die Vasen zerschlagen, Dreck in die Wohnung tragen und die Türen zuknallen.«
»Unsere Türen lassen sich nicht zuknallen«, bemerkte Dagmar mit leisem Bedauern, »sie klemmen!«
»Wenn wir ihn gut behandeln«, überlegte Silke, »wird er uns im Winter die Kohlen aus dem Keller holen – damit er selbst nicht frieren muß.«
Die Diskussion erwies sich als überflüssig. Gisela, die überhaupt keine Meinung geäußert hatte, entschied letzten Endes allein. Vielleicht war es auch nur ein Zufall, daß die Großmutter gerade beim Arzt, der Vater mit einem Vertreter beschäftigt und Dagmar in der Schule war. Silke war ja tagsüber nie zu Hause. Als sie abends heimkam, klebte ein Zettel über ihrem Namenschild: »Wegener, 2mal klingeln.«
»Hast du den Gartenzwerg schon gesehen?« empfing Dagmar sie. »Man kann doch wenigstens erwarten, morgens durch einen erfreulichen Anblick erheitert zu werden! Aber nein, Gisela, diese Träne, entscheidet sich für den erstbesten Jammerlappen.«
»Roy Black hat schon eine Wohnung«, sagte Gisela unwirsch, »außerdem kommt es nicht auf das Aussehen an. Wo kämen wir denn da hin? Am besten, wir kümmern uns gar nicht um ihn. Er zahlt für das Zimmer und nicht für Familienanschluß.«
»Gisela hat eine sehr gute Wahl getroffen!« erklärte die Großmutter. »So ein stiller, bescheidener Mensch!«
»Da siehst du – das kann nur eine ganz langweilige Type sein«, flüsterte Dagmar. Sie versprach Silke, ihn aus seiner Höhle hervorzulocken, damit sie sich überzeugen könne.
Während die anderen vorm Fernseher saßen, benutzte sie den Flur als Sportplatz. Die Badezimmertür war ihr Start-

loch. »Zieh durch – ziiieh – durch!« feuerte Dagmar sich selbst an und galoppierte in Holzschuhen den Flur entlang. Herr Wegener spähte nur kurz durch die geöffnete Tür. Silke sah einen vorgereckten Hals und darüber einen Haarkranz, weich wie Babyflaum. Ohne ein Wort zog er den Kopf gleich wieder zurück.

»So langweilig ist der!« schimpfte Dagmar. Erst sehr viel später erfuhren sie, daß er Gisela vorgeschlagen hatte, den schönen langen Flur auf effektvollere Weise zu nutzen. Man könnte Federball spielen, Weitsprung üben, Seil springen ... Vielleicht wäre er in ihrer Achtung gestiegen, wenn sie es gleich erfahren hätten.

Auch für Silke verlor die Anwesenheit des Fremden bald allen Reiz. Er war nur ein Schatten, der im Flur vorbeistrich. Es rührte sie nicht einmal, daß er so schüchtern wie in ihren Träumen grüßte. Er war nur lästig, ein Eindringling, der morgens das Bad blockierte. Dieser bartlose Jüngling brauchte zum Rasieren viel länger als der Vater. Manchmal verursachte der Schatten Geräusche, wenn er die Schuhe abstreifte und polternd zu Boden fallen ließ, oder wenn er sich mit der Tür des alten Kleiderschrankes abmühte, die beim Öffnen und Schließen gleichermaßen quietschte.

Sie schliefen Wand an Wand mit ihm, und manchmal abends, wenn der Verkehr leiser rauschte, hörten sie Musik von nebenan.

»Seid mal still«, sagte Gisela dann, »ich glaube, er hört Beethoven.« Aber für Silke hatte sich mit seinem Einzug nichts geändert.

## II

Das war nun schon ihr zweiter Herbst als Lehrling bei Kapsreiter. Vielleicht hätte sie dem Winter gelassener entgegengesehen, wenn aus ihrer Reise etwas geworden wäre. Wer war schuld daran? Vater mit seinem Geiz? Großmutter mit ihrer Furcht? Giselas Neid oder ihre eigene Feigheit, als es so weit war, den Traum zu verwirklichen? Sie wünschte sich so viel, aber immer, wenn es darauf ankam, den entscheidenden Schritt zu tun, bekam sie Angst.
Im Frühsommer hatte noch alles sehr schön geklungen. Es schmeichelte ihr, daß Onkel Sepp sich besonders um sie kümmerte. Richtig, Onkel Sepp war an allem schuld, er mit seinen Ideen, die sich nicht in die Tat umsetzen ließen, er mit seiner Vorstellung von den rosaroten Zeiten der Jugend. Er hatte ihr den Floh ins Ohr gesetzt, wie die Großmutter später sagte, und er war noch an manchem anderen schuld. »Ich kann das nicht mehr mit ansehen«, sagte er, wenn er Kapsreiters sonntags besuchen kam, »das Kind mopst sich ja zu Tode! Manchmal denke ich, Silke ist gar kein richtiges Mädchen! Als ich in dem Alter war . . .«
»Da war alles viel besser«, ging Gisela auf ihn los, »und wir erleben ja bloß einen Abklatsch eurer phantastisch lustigen Jugend! Wenn ich euch manchmal so reden höre, denke ich, daß ihr sogar die Bombenangriffe lustig fandet!«
»Wir reden jetzt von Silke«, sagte Onkel Sepp kühl. »Silke muß unter Leute. Das Leben kommt nicht zu einem, kein wohlmeinender Onkel trägt es einem ins Haus. Aber man kann doch etwas nachhelfen!«
»Setz ihr bloß keine Flausen in den Kopf!« brummte Herr Kapsreiter.
»Gisela hat ja schon nichts anderes mehr im Sinn, als mög-

lichst schnell an den Mann zu kommen«, fuhr Onkel Sepp unbeirrbar fort, »aber Silke solltest du rechtzeitig beibringen, daß Erwachsenwerden nicht bloß vom Elternhaus weggehen und heiraten bedeutet. Ihr seid ja nie mit den Mädchen verreist! Was wissen sie von der Welt!«

»Nichts!« krähte Dagmar begeistert. Sie witterte Hilfestellung.

»Du weißt doch, wie meine Frau war«, sagte Herr Kapsreiter, »sie hatte Angst vor fremden Gasthäusern und vor fremden Betten. Und das Geschäft . . .«

»Richtig, ihr hattet immer Angst. Frag deine Töchter, ob sie Angst haben! Frag sie, ob sie glauben, daß es sich lohnt, nur für den mickrigen Laden zu schuften. Die paar Pfennige, die euch während eines Urlaubs entgehen, machen den Kohl auch nicht fett. Gut, Dagmar besucht jetzt die Oberschule. Sie wird Klassenreisen machen. Man braucht ja nicht gleich nach Mallorca zu fliegen. Es gibt billige Jugendreisen, es gibt Jugendlager, Jugendaustausch mit anderen Ländern.«

»Aber laß mich zu Hause! Ich brauche keine Abwechslung«, behauptete Herr Kapsreiter.

Auch Gisela winkte ab. Sie wollte nicht verreisen. Was hatte sie davon? In spätestens drei Wochen mußte man ja doch zurückkommen. Sie wollte lieber den Führerschein machen, das war eine reelle Sache, etwas fürs Leben sozusagen.

Silke dachte daran, wie es früher gewesen war. Ihre Ferien hatten sie zwischen dem Städtischen Schwimmbad und dem Schloßpark verbracht. Der Urlaub der Eltern fand nur am Sonntag statt, und keine Ausrede half, die Kinder hatten daran teilzunehmen. Sonntags mußten sie besonders früh aufstehen, weil die Vorbereitungen und das Packen des Picknickkorbs für fünf Personen eine Weile in Anspruch nahmen, und das Beladen des Autos dauerte auch noch ein Stündchen, denn der Vater war ein Pedant, der

Millimeterarbeit leistete. Ehe sie endlich abfuhren, waren die Straßen schon voll von Autos, die in den Sonntag fuhren. Es war gar nicht weit bis zu »ihrem Wald«, ein Stück auf der vollen Autobahn entlang, dann über schmale Landstraßen, die auch nicht leer waren. Ein Flecken Wald erhob sich über die Felder. Im Näherkommen sah man, daß sein Rand weiß und rot getupft war von parkenden Autos und aufgespannten Sonnenschirmen, giftige Fliegenpilze, die einem das ganze schöne Wochenende verderben konnten – jeden Sonntag dasselbe!

»Wir werden schon was finden«, tröstete die Mutter jedesmal, »ich kenn' doch meinen Wald!« Der Vater behängte alle Familienmitglieder gleichmäßig mit Campingstühlen und Kühlbox, Picknickkorb, einem Federballspiel und dem Sonnenschirm für die Mutter. Sie gingen vorbei an sonnenhungrigen Menschen, die sich nicht von ihrer Gemütlichkeit zu Hause trennen mochten, die nahe bei ihren Autos saßen, lagen, auf den Tischen mit geblümten oder gehäkelten Decken standen Gläser – natürlich nahm man nicht die beste Decke und nicht die kostbarsten Gläser mit! –, die Frauen stickten, strickten, riefen Kinder zur Ordnung, die Männer lasen in der Zeitung oder schliefen schon am hellen Vormittag.

»Furchtbar«, stöhnte der Vater, »bloß weg hier!«

Sie mußten weit gehen. Jedes Fleckchen Sonne war besetzt. Wie schön könnte so ein Sonntag sein – Sonne, Waldluft, endlos blauer Himmel, ohne den Duft gerösteter Bratwurst vom nächsten Holzkohlengrill, ohne das Geplärre aus verschiedenen Kofferradios, ohne Spinnen und ohne Dagmar, die einen nicht mal in Ruhe ließ, wenn man sich sonnen wollte. Meistens endete ihre Suche auf den letzten Grassoden eines jäh abfallenden Hanges. Dagmar mußte den Eltern versprechen, nicht zu dicht an den Rand des Steinbruches zu gehen. Mit dem Federballspiel war es natürlich nichts auf diesem schmalen Grat zwischen Himmel und

Erde. Der Vater streckte sich behaglich in der Sonne aus. Auch die Mutter war bald unter ihrem Schirm eingenickt. Ein schöner Sonntag! Gisela schlecht gelaunt, nicht ansprechbar, Dagmar quengelig.
Es waren lange Sonntage voll fremdem Vergnügen. Paare tauchten auf, leises Lachen, das weh tat, Kinder, die Steine in die Grube warfen – alle wurden verscheucht. Herr Kapsreiter pochte darauf, daß dies »sein« Patz sei. Zu Mittag gab es kalte Koteletts und zum Kaffee aus der Thermoskanne, der schon ein wenig schal schmeckte, die ersten Sportmeldungen. Vaters Fußballverein hatte gewonnen – ein wahrhaft schöner Sonntag für ihn. Die fernen Waldzüge verwässerten im frühen Nachmittagsdunst. Die Mädchen gaben die Hoffnung auf, daß sie noch braun werden könnten und drängten zur Heimfahrt.
Nur selten ließ sich die Mutter dazu überreden, anstatt in den Wald an irgendeinen Baggersee zu fahren. Wenn sie doch einmal mitfuhr, hatte sie verängstigt unter ihrem Sonnenschirm gesessen, Butterbrote und Saft verteilt und Handtücher bereitgehalten, wenn die anderen bibbernd und mit blaugefrorenen Lippen aus dem Wasser kamen. Sie konnte selbst nicht schwimmen und hatte Todesängste ausgestanden, wenn sie ihre Töchter in der »schwindelnden Höhe« des Einmeter-Sprungbrettes herumturnen sah.
Als die Großmutter noch reiselustiger gewesen war, hatte sie die drei abwechselnd zu einer Schwester ins Mittelgebirge mitgenommen. Aber das war lange her, die Schwester war inzwischen gestorben, und wenn es nicht Wandertage und Klassenfahrten gegeben hätte, wäre Silke kaum mehr aus der Stadt herausgekommen.
Onkel Sepp hatte die Sache in die Hand genommen. Er hatte Beziehungen zu einem jungen Mann, der eine Jugendgruppe leitete. Dort hatte Onkel Sepp seine Nichte angemeldet. Im Sommer würde die Gruppe nach Frankreich fahren. Frankreich war Onkel Sepps Traum – er war im

Krieg dagewesen –, und zum Austausch würden sie französische Jugendliche mit nach Hause bringen. Onkel Sepp hatte Silke schon ausgemalt, wie die Freundin auszusehen hätte, die sie mitbringen sollte.

Brav war Silke anfangs zu den Treffen gegangen. Aber die Jugendlichen in der Gruppe waren so anders als sie, redeten von Dingen, die sie nicht verstand. Sie konnten schon alles, was Silke erst lernen mußte, einige konnten Gitarre spielen und sangen Lieder, die Silke nicht kannte. Sie hatten Bücher gelesen, die Silke nicht kannte, und sahen auch andere Filme an als Silke. Dann kamen die Französischübungen hinzu. Die anderen konnten alle schon ein paar Redewendungen. Silke kannte nur ein paar Worte, die sie von Heidi, ihrer früheren Schulfreundin, aufgeschnappt hatte, »la fenêtre« und »le ramoneur«. Weit würde sie damit nicht kommen, hatten ihr die anderen lachend prophezeit.

Silke fing an, die Stunden zu hassen. Später schwänzte sie. Der Traum von der Reise verblaßte. Wenn Onkel Sepp nicht gewesen wäre, hätte sie diese kleine Episode so schnell wie möglich vergessen. Aber Onkel Sepp verzieh ihr nicht so bald, daß sie seine Mühe so geringschätzte. Als er vom Gruppenleiter erfuhr, daß Silke gar nicht mehr in die Stunden kam, hatte er wutschnaubend gelobt, sich »nie wieder mit dieser undankbaren Göre zu befassen«. Jedesmal, wenn sie sich trafen, schwärmte er ihr vor, wie schön es in Frankreich sein könnte – gerade jetzt. Wenn sie gefahren wäre.

»Warte«, sagte Dagmar tröstend, »wenn ich erst genug Französisch kann, machen wir zusammen so eine Reise – per Anhalter! Das ist viel aufregender.«

Gisela hatte kein Mitleid. »Ein Glück«, sagte sie trocken, »daß du noch rechtzeitig zur Vernunft gekommen bist. Was hast du dir bloß dabei gedacht? Eine Französin in unserer Familie!«

Im ersten Augenblick war Silke empört und beleidigt gewesen, stellvertretend für die ganze Familie. War etwas besonders Abstoßendes an ihnen, daß sie keinen Besuch aus dem Ausland bekommen konnten? Bei ihnen funktionierte doch alles, das Nebeneinander und Miteinander? Krach gab es doch überall einmal, und sie hätten sich ja vornehmen können, vierzehn Tage lang Frieden zu halten, während die Französin da war. Wenn sie gekommen wäre! Aber je länger Silke darüber nachdachte, um so mehr leuchtete ihr ein, daß Gisela recht hatte. Was hätten sie unternehmen können? Jeden Abend ein Besuch bei den Enten im Schloßpark, das war doch langweilig. Sämtliche Fahrräder der Familie waren antiquiert und verrostet. Mit denen hätten sie zur Brücke fahren können und die Autos auf der Autobahn zählen. Sicher gab es in Frankreich unterhaltsamere Vergnügungen.

Und konnte man so einer Ausländerin überhaupt zumuten, an Kapsreiters »Familienleben« teilzunehmen? Es war noch nie möglich gewesen, in dieser Wohnung ungestört für sich zu sein. Solange die Mutter noch lebte, hatte sie sich meistens in der Küche aufgehalten, und wenn auch sonst niemand drinnen war, so hatte sie immer leise und monoton vor sich hin geredet. Im Wohnzimmer lief ständig der Fernseher. Abschalten war verboten. Das schadet den Röhren, sagte der Vater. Und wer weiß, ob nicht in den nächsten fünf Minuten ein besseres Programm kommt. Wollte man ins Eßzimmer ausweichen, hielt sich bestimmt jemand zum Telefonieren darin auf und scheuchte einen mit ungeduldigem Winken hinaus. In einem Zimmer saß Dagmar und gab vor, Schularbeiten zu machen – Silke traute ihr nicht ganz –, und wenn man zufällig einen stillen Winkel gefunden hatte, dann kam spätestens nach zehn Minuten die Großmutter herein. »Wo hab' ich denn – ich hatte doch – was machst du denn hier? Ist dir nicht gut?« Die Großmutter war ständig auf der Suche nach irgend etwas und ebenso ausdauernd um das Wohl jedes einzelnen besorgt.

Das Badezimmer war der einzige sichere Zufluchtsort, vorausgesetzt, daß es nicht gerade besetzt war. Wenn man auf den Toilettendeckel stieg, konnte man das Fenster, ein Luftloch nur, öffnen und den Kopf hinausstrecken. Aus dieser Höhe sah man nicht auf den Grund des Hinterhofes. Beim Anblick der dünnen Baumkronen konnte man die Abfallkästen da unten, die alten Fahrräder, ausgedienten Sportkarren und abgefahrenen Autoreifen vergessen. Im Frühling und Sommer konnte man sich in den Fliederbusch hineinträumen, an dem mindestens fünf Dolden blühten, oder in den Starenkasten in der Birke, in dem nie Vögel nisteten. Dagmar wünschte sich in das Haus gegenüber, dritte Wohnung von links im vierten Stock, das schmale Fenster rechts vom Balkon. Bei ungefähr zweihundert Fenstern war es sehr kompliziert, dorthin zu finden, und niemand außer Dagmar machte sich die Mühe, die Fenster abzuzählen, um das Geheimnis der großgeblümten Gardinen zu erraten. Sie waren nie ganz zugezogen, so daß Dagmar *ihn* jeden Abend sehen konnte, wie er mit gebeugtem Kopf dasaß. Sie wußte nicht mehr über ihn, als daß er dunkle Locken – das war das wichtigste! – hatte und ungeheuer fleißig sein mußte.

Sogar Gisela, die nie etwas vom »Spinnen« gehalten hatte, verriet einmal, daß auch sie durch dieses Guckloch zu gewissen Wünschen gekommen war. »Nie«, sagte sie, »nie werde ich in so ein Haus mit so einem Bad ziehen –«

Frühmorgens, wenn sie aufstanden, war die Großmutter noch nicht da. Gerade morgens war es am schlimmsten, die Leere, die Unordnung. Und doch war Silke nicht sicher, ob sie in solchen Augenblicken wirklich die Mutter vermißte, oder ob es nicht nur die Unbequemlichkeit war, die ihr das Aufstehen so verleidete. Dagmar, die Kleine, die überforderte Schülerin, durfte natürlich am längsten schlafen. Das war schon immer so gewesen. Meistens erschien sie erst, wenn es nach Kakao duftete, spätestens, wenn die Großmutter das Toastbrot anbrennen ließ. Früher war es selbstverständlich gewesen, daß die Mutter als erste aufstand. Sie kochte Kaffee und deckte den Tisch, und im Winter machte sie Feuer im Ofen. Jetzt wechselten Gisela und Silke einander wochenweise ab. Wenn der Vater zum Großmarkt gefahren war, mußte jemand den Laden öffnen und den Kasten Milch und die Semmeln hereinholen. Die ersten Kunden kamen um sieben, Hausfrauen, die auch nicht gerade ansteckende Heiterkeit verbreiteten. Sie fröstelten in ihren Haushaltskitteln und sahen unausgeschlafen aus. Sie kauften viele kleine Teile ein, und selten ging die Endsumme über fünf Mark hinaus. Deswegen mußte man so früh aus den Federn!

Jedesmal, wenn Silke an der Reihe war, nahm sie sich vor: Diese Woche stehst du mit Vater auf und machst es ihm ein bißchen nett. Aber jeden Morgen siegte wieder die Bequemlichkeit. Sie hörte ihn wohl da draußen herumtappen, wie tief sie sich auch unter die Bettdecke kuschelte, und wenn sie endlich in die Küche kam, war er schon fort. Auf dem Tisch stand eine halbausgetrunkene Flasche Milch, und daneben lag sein Rasierapparat, ein trauriger Anblick. Aber ihr schlechtes Gewissen hielt nie lange vor. Wenn er sie dann holen kam, wenn er den Mund kaum zu einem »Guten Morgen« aufkriegte, wenn er dann neben ihr saß im Auto, dicht über das Lenkrad gebeugt und mißtrauisch jedes andere Auto verfolgte, dann vergaß sie alle guten Gefühle. Sie schwiegen meistens, nicht nur weil der alte Motor so einen ohrenbetäubenden Lärm machte. Mit dem Vater konnte man am Morgen ebensowenig reden wie am Abend. Nie sagte er »Schönes Wetter heute, schade, daß wir arbeiten müssen«, und wenn er sie abends abholte, stürzte er sich sofort auf die Kasse. Es gab Tage, an denen verkaufte sie wirklich gut, und das hatte dann sicher nicht nur am

Tag, sondern auch an ihr gelegen. Nie ein Lob. Lange, dachte Silke, mache ich das nicht mehr mit. Ich bin doch keine Maschine. Aber sie hatte niemanden, mit dem sie darüber reden konnte.

Ihre früheren Schulkameraden hatte sie längst aus den Augen verloren. Zwei, drei Male hatte man sich getroffen, mal in der Eisbar, mal in einer Diskothek, irgend jemand hatte ein Fest gegeben. Aber seitdem sie nicht mehr dieselben Sorgen hatten, verband sie nichts mehr miteinander. Die neuen Mitschülerinnen von der Berufsschule waren ihr fremd geblieben. Man sah sich ja nur einmal in der Woche. Sie wohnten weit verstreut in der Stadt, und die meisten hatten schon feste Freunde oder feste Freundinnen am Arbeitsplatz. Ihr blieb nur Heidi von gegenüber.

Sie waren gleichaltrig und hatten schon gemeinsam ihre Puppenwagen ausgeführt, und als sie eingeschult wurden, hatte Heidi auf der Schulbank gesessen und einladend auf den freien Platz neben sich geklopft. Damit war ihre Freundschaft besiegelt. Silke hatte es nie für nötig gehalten, sich mehr Freundinnen zu suchen.

Silke und Heidi hatten für dieselben Jungen geschwärmt. Mit Kreide hatten sie Herzen an die Bretterzäune gemalt. Silke schrieb »H. W. mit G. S.« hinein, Heidi schrieb »S. K. mit G. S.« Dieser Günter hatte nie etwas von der doppelten Verehrung erfahren. Er fuhr inzwischen ein knatterndes Moped, und jedesmal, wenn man ihm begegnete, saß ein anderes Mädchen auf dem Rücksitz.

Die Mutter hatte Silke oft gewarnt. »Eine Freundin ist etwas sehr Schönes«, hatte sie gesagt, »aber du hängst ja wie eine Klette an Heidi. Paß nur auf, daß du eines Tages nicht allein dastehst.«

Als Heidi dann zur Oberschule wechselte, hatte Gisela gesagt, Silke könne sich freuen, wenn Heidi überhaupt noch grüße. Heidi sei jetzt etwas Besseres. Silke hatte es nicht glauben wollen. Anfangs waren sie noch oft zusammen gewesen. Aber dann wurden die Schulaufgaben mehr und schwieriger, und Heidi hatte weniger Zeit. Aber war sie nicht immer gleichmäßig freundlich, wenn sie sich begegneten? »Wir müssen uns mal treffen!« sagte sie dann, rief es quer über die Straße, weil sie wie immer in Eile war. »Ich rufe dich an!«

Als Silke kürzlich angerufen hatte, kam es zu einem merkwürdigen Gespräch.

»Grüß dich!« trompetete Heidi ins Telefon, als sei Silke nicht nur eine Straßenbreite, sondern einen Erdteil weit entfernt. »Wurde auch Zeit, daß du anrufst. Wie geht's dir denn?«

»Können wir uns nicht heute treffen?« fragte Silke. »Ich möchte gern mit dir reden.

»Ich kann nicht«, flüsterte Heidi, und laut sagte sie: »Wir müssen uns mal wieder so richtig ausquatschen!« Leise: »Du mußt mich verstehen. Ich kann wirklich nicht. Ich erkläre es dir später.«

»Du spinnst wohl?« fragte Silke.

»Sagen wir in einer halben Stunde? Ich hab' dir eine Menge zu erzählen!« brüllte Heidi. Sie kicherte. »Wirklich! Er heißt Hans-Peter«, flötete sie. »Bis später – später!«

Seitdem hatte sie nichts mehr von sich hören lassen.

Bis in den September hinein war es mild gewesen. Ende September schlug das Wetter jäh um. Hinter all der Farbenpracht hatte sich der Herbst verborgen. Er war mitten in der Stadt, ehe man ihn auch nur in der Nähe vermutete. Man sah den Bäumen noch gar nicht an, daß sie schon Blätter verloren, aber ihre Schatten, die eine kalte Sonne auf das Straßenpflaster malte, waren seltsam mager geworden. Jeden Morgen fegten die Straßenkehrer große Blätterhaufen am Neumarkt zusammen. Neidisch sah Silke zu, wie die Schulkinder mitten hindurch stapften, verfolgt von den Verwünschungen der ausländischen Straßenkehrer. Raschelnd stoben die Blätter nach allen Seiten auseinander. Silke wußte aus eigener Erfahrung, daß man keinen Blätterhaufen auslassen durfte, solange die Blätter noch trocken waren. Was hatte der Wind davon, wenn er die Blätter durcheinanderwirbelte?

Der letzte Septembertag war trüb wie schmutziges Wasser. Auf einen Blick konnte man nicht erkennen, ob es Regen oder Nebel war, der den Tag so grau machte. Nun würde bald der Karren abgebaut, einen Monat noch, höchstens eineinhalb, dann war sie wieder eingesperrt im Milchladen mit Vaters schlechter Laune und Giselas Mundfaulheit.

Silke war so mit ihren unerfreulichen Gedanken beschäftigt, daß sie Heidi nicht gleich erkannte, die plötzlich vor ihr auftauchte, die Büchertasche zum Schutz vor der Nässe auf dem Kopf. Sie sahen einander ja nur noch von Fenster zu Fenster über eine Straßenbreite, und was sah man da schon, einen Schatten, der es eilig hatte. Man lächelte, winkte, versuchte sich zu verständigen, aber das endete meistens in Verwirrung. Heidi hatte jetzt sicher keine Schwierigkeiten mehr, sich in Filme ab 18 zu mogeln. Aus dem Pummel mit den fröhlichen, geschlitzten Augen (Schweinsäuglein, sagte Gisela) war ein schlankes Mädchen mit einer aparten Kurzhaarfrisur geworden.

»Wo kommst du denn her?« fragte Silke mürrisch.

»Hast du schlechte Laune?« fragte Heidi. »Schau mich an, klatschnaß und mopsfidel. Rat mal, wie das kommt.«

»Du bist mal wieder verliebt, und er heißt Hans-Peter«, brummte Silke.

»Ich wollte mich für neulich bedanken«, erklärte Heidi rücksichtslos fröhlich. »Du warst meine letzte Rettung. Wenn ich einfach so weggehe, wittert meine Mutter Unheil. Aber wenn ich sage, ich gehe zu Silke, dann glaubt sie nur das Beste. Dann darf ich alles.«

»Das ist ja nicht gerade ein Kompliment!« Trotzdem machte Silke Platz, so daß Heidi sich zu ihr setzen konnte.

Sie stemmten die Rücken gegeneinander, um das Schemelchen in der Balance zu halten.
»Du weißt doch, wie Mutter ist«, fuhr Heidi fort, »alles zu seiner Zeit, erst die Schule und dann das Vergnügen. Also, ich finde Verliebtsein schöner als Schularbeiten! Frag mich doch mal, was ich am Wochenende vorhabe!«
Nun mußte Silke sich doch noch die Geschichte von Hans-Peter anhören, der diesmal wirklich die ganz große und einzige Liebe – mindestens die fünfte seit »G. S.« – sein sollte.
Heidi stieß ihr den Ellenbogen in die Rippen. »Was ist los? Du sitzt so bedröppelt herum. Das liegt doch nicht nur am Wetter?«
Silke zuckte mit den Schultern. Heidi alles erzählen? Und was alles?
»Ich weiß nicht«, sagte sie, »ich habe alles so satt.«
»Bist du verrückt?« rief Heidi aus. »Dir geht's doch so gut! Du verdienst Geld. Wenn du Feierabend hast, kannst du machen, was du willst.«
Silke verzog den Mund. Sie dachte an ihre Abende.
»Für mich fängt die Plackerei nach der Schule erst an. Wir drücken uns doch bloß herum, machen Blödsinn im Physikunterricht, weil es uns zu langweilig ist, und auf französisch können wir gerade sagen, daß wir kein Französisch können. Das ist doch weggeworfene Zeit. Da büffelt man jahrelang, und derweil schnappen einem die anderen die besten Jobs weg!«
»Findest du?« fragte Silke gedehnt. »Wir können ja mal tauschen!«
Sie fand ihre Idee gar nicht dumm. Einmal wieder zur Schule gehen, das wäre fast lustig nach zwei Jahren. Vor zwei Jahren hatte sie die Schule selbst noch als Plackerei empfunden. Aber mit der Zeit lernte man eine Menge dazu. Wurde nicht jede Beschäftigung eine Quälerei auf die Dauer, sobald man sie genügend beherrschte? Erst die

Schule, dann der Milchladen und jetzt der Gemüsekarren.
»Du bist komisch!« stellte Heidi fest. »Früher hast du gesagt, ich brauch' nichts zu lernen, ich geh' in den Laden. Du hast getan, als wär' das was Besonderes.«
»Und ihr habt mich beneidet, weil ihr dachtet, ich könnte Bonbons essen, soviel ich wollte!« trumpfte Silke auf.
»Und jetzt magst du keine Bonbons mehr, wie?«
»Lange mache ich das nicht mehr mit!« sagte Silke dumpf. Sie hatte plötzlich das Bedürfnis, Heidi ein Geheimnis anzuvertrauen. »Ich habe das alles so satt! Ich möchte alles hinwerfen! Hast du auch manchmal so ein Gefühl? Man wacht morgens auf und möchte alles anders machen.«
»Tu's doch!«
»Red kein dummes Zeug! Du hast ja keine Ahnung ...«
»Jetzt redest *du* dummes Zeug! Wenn du wirklich was anderes machen willst, gibt es tausend Möglichkeiten! Es liegt an dir. Liest du denn nie in der Zeitung?« Heidi öffnete ihre Schultasche und zog eine alte Zeitung hervor, die sie zum Einwickeln der Turnschuhe benutzt hatte. Sie blätterte eine Weile darin herum, ehe sie die richtige Seite fand. Das Blatt breitete sie über das Gemüse. »Wollen Sie weiterkommen? Dann kommen Sie zu uns!« las sie mit Pathos. »Bürobotinnen, Postsortiererinnen, Hilfsregistraturkräfte. Was, das ist dir immer noch zu schwer? Na, bringt auch nicht viel ein. Bitte schön, Gehilfe für leichte Tätigkeit gesucht. Steno und Maschineschreiben nicht erforderlich. Oder eine Lageristin. Das nenn' ich einen verantwortungsvollen Posten! Du entscheidest, ob der Mann am Schalter die Handvoll Putzwolle bekommt oder nicht. Bleistifte auszugeben ist sicher auch was Schönes. Du kannst ein System erfinden, wie man am besten kontrolliert, ob die Leute die Bleistifte auch wirklich bis zum letzten Fitzchen aufgebraucht und nicht etwa mit nach Hause genommen oder aufgegessen haben.«
»Du machst ja bloß Witze! Ich kann doch nicht alles hin-

werfen, auch wenn ich es möchte. Denk doch mal an meinen Vater. Und was soll aus dem Laden werden?«

»Du nimmst dich aber verflixt wichtig! Gisela ist ja auch noch da. Weißt du übrigens, daß in der Papenstraße ein Konsum aufgemacht? Die Leute, die bisher zu faul waren, bis zum Supermarkt zu gehen und deswegen bei euch eingekauft haben, werden jetzt zum Konsum gehen.«

»Du malst den Teufel an die Wand!« Silkes Lachen war nicht ganz echt. »Ein paar Stammkunden werden uns schon bleiben.«

»Bestimmt – Herr – wie heißt er noch, der von der Ecke? Der wird weiterhin alte Brötchen bei euch kaufen für seine kaputte Leber. Billiger, versteht sich! Also gut, nehmen wir an, dein Vater hält sich noch ein paar Jahre über Wasser. Aber eines Tages wird er sich zur Ruhe setzen, dann wird Gisela den Laden übernehmen. Sie ist die Tüchtigere, das mußt du zugeben. Ich würd's mir an deiner Stelle rechtzeitig überlegen!«

»Natürlich möchte ich weg, lieber heute als morgen!« sagte Silke. »Wenn ich vor meinem Karren stehe und die Berge von Kartoffeln und Äpfeln sehe, dann frage ich mich, wo ist meine Chance? Jeder hat eine Chance, hat Frau Seel immer gesagt, weißt du noch? Es liegt an einem selbst, was man mit ihr anfängt. Ich kann die Berge abtragen, sie bis zur letzten Kartoffel verkaufen, aber am nächsten Morgen ist ein neuer Berg da. Das ist so deprimierend.«

»Ich glaube, du hast eine falsche Einstellung«, sagte Heidi nachdenklich. »Du nimmst die Arbeit blutig ernst, genau wie früher die Schule. Deswegen mußtest du dich auch so quälen. Die Jagd nach guten Zensuren ist vorbei, hast du das noch nicht kapiert? Ob du die Beste oder die Schlechteste bist, das spielt jetzt keine Rolle mehr. Natürlich, wenn du Karriere machen willst . . .«

»Als Kartoffelverkäuferin!?«

»Soll ich dich bedauern? Du verkaufst doch auch Weintrauben! Und die Kirschen im Sommer! Das ist doch was sehr Schönes. Aber wenn du es satt hast, aus welchem Grunde auch immer, mußt du eben wechseln. Ich finde ja auch, daß man öfter wechseln muß im Leben. Das versuche ich gerade, meinen Eltern klarzumachen.«

»Wieso? Was kannst du denn wechseln außer deinen jeweiligen Freund?«

»Ich kann die Schule an den Nagel hängen, und das werde ich auch!« Heidis Stimme klang drohend. »Spätestens im nächsten Sommer. Meine Eltern werden es erleben, ob sie wollen oder nicht. Ich such' mir einen Job, und wenn ich genügend Geld verdient habe, gehe ich los. Ich will von niemandem abhängig sein. Ich will nicht dankbar sein müssen. Ich schufte lieber für das, was ich will!«

Silke seufzte. »Wenn ich nur wüßte, was ich will!«

»Du kannst ja nach Griechenland fahren, wenn du unbedingt willst, sagen meine Eltern. In den Ferien. Wenn ich so was schon höre!«

»Ich wäre beinahe nach Frankreich gefahren.«

»Beinah, beinah! Das war schon immer so bei dir. Du traust dich nicht. Es könnte ja ein Haken dran sein, es könnte ja schiefgehen. Entscheide dich endlich! Schmeiß den Kram hin, wenn er dir stinkt! Bewirb dich woanders. Ich habe im Sommer auch gearbeitet. Überhaupt, bewirb dich doch bei der Firma! Die suchen laufend Kräfte, gerade jetzt zum Weihnachtsgeschäft.«

»Wir haben doch erst September!«

»Hast du eine Ahnung! Auf Modenschauen kannst du die Bikinis des nächsten Sommers bewundern, die Keksfabriken machen Zimtsterne, und so bereitet jede Firma das Weihnachtsgeschäft vor, ob sie nun Toaster, Lampen oder Bettvorleger machen. Meine Firma macht übrigens Leuchten. Bei denen heißt das eben Leuchten.«

»Brauchen sie denn auch Verkäuferinnen?«

»Das nicht gerade. Aber denen ist es fast egal, ob du vorher Kartoffeln verkauft oder Hunde getrimmt hast. Die nehmen dich mit Kußhand. Arbeit gibt es immer, natürlich nichts Aufregendes, aber trockener und wärmer als hier ist es auf alle Fälle. Die Leute sind nett, und – was das Wichtigste ist: Um punkt vier ist Schluß. Das ist doch was!«

Silke schwieg nachdenklich. Sie dachte an die alten Damen, an die Freundlichkeit. Heidis Worte beunruhigten sie und regten sie auf. War es nicht genau das, was sie ersehnte? Eine »richtige« Arbeit, einen guten Verdienst und viele nette, junge Kollegen! Fort von der ständig geladenen Atmosphäre, fort von der Langeweile, nicht mehr Silke sein, die Zweite, die Ungeschickte, das Trampel oder die Flatterhafte, je nachdem, wie es ihnen gerade paßte. Nur noch das Fräulein Kapsreiter neben Fräulein Schmidt und Herrn Meier sein, einen geregelten Arbeitstag haben, nie mehr nach halb sieben den Laden aufwischen müssen. Ihr grauste vor dem Winter, wenn jeder Kunde Schneematsch hereintrug, der auf dem gefliesten Boden zu großen braunen Lachen zerfloß! Im Winter waren sie drei, zwei zuviel, die herumstanden, seitdem es immer weniger Kunden wurden. Der Gedanke durchzuckte Silke wie ein Blitz. Das war der Ausweg, so würde sie den Vater herumkriegen können! Nur versuchsweise, würde sie sagen. Wenn er sie während der Wintermonate woanders arbeiten ließe, sparte er ihre »Lehrlingsbeihilfe«, aber die hatte er während der letzten drei Monate auch schon eingespart. Die Lieferanten gingen vor, sagte er, und außerdem gäbe Silke das Geld ja doch nur für »Kinkerlitzchen« aus.

»Koselmann, Lindenallee«, sagte Heidi eindringlich, »merk dir das! Lindenallee 61. Aber du hörst mir ja gar nicht zu! Dafür laß ich nun mein Kotelett kalt werden!« fügte sie ärgerlich hinzu und sprang auf, so daß Silke fast das Gleichgewicht verloren hätte.

»Ich werd's mir überlegen«, erwiderte Silke schnell.

»Vor lauter Überlegungen wirst du zu keinem Entschluß

kommen! Na warte, ich werde dich anrufen, jede Nacht um zwei. Hier spricht dein Gewissen, hast du, Silke Kapsreiter, dir schon Gedanken über deine Zukunft gemacht?« sagte Heidi mit dumpfer Stimme und mußte darüber am meisten lachen. »Also, bis später! Wenn ich meine Eltern herumgekriegt habe, daß ich in unserem Gartenhaus eine Party geben darf, ruf ich dich an!«
Silke sah ihr verwirrt nach. Heidi lief über die Straße, als seien die Autos Bäume, zwischen denen man Versteck spielen konnte. So fröhlich und unbeschwert wie Heidi könnte sie vielleicht auch sein, wenn sie eine andere Arbeitsstelle hätte, geregelte Arbeitszeit, ein bißchen mehr Geld – ihr schwindelte bei der Vorstellung. Nie mehr müde und schlechter Laune sein, die Großmutter mit Späßen aufheitern, und Weihnachten würde sie sich selbst den ersehnten Plattenspieler schenken. Die anderen würden Augen machen! Plötzlich war alles in greifbare Nähe gerückt. Koselmann wartete auf sie. Ein Spaziergang nur – ob sie Onkel Sepp vorher fragen sollte? Er kannte doch so viele Leute, hatte so gute Beziehungen. Ach was, Onkel Sepp! Nächstes Jahr wurde sie siebzehn, es wäre doch gelacht, wenn sie nicht allein Dinge entscheiden könnte, die nur sie etwas angingen. Außerdem war er ihr ja ein wenig böse.
Sie erinnerte sich, was sie in der Berufsschule über die Arbeitssuche gelernt hatte und beschloß, einen ordentlichen Lebenslauf zu schreiben. »Ich, Silke Kapsreiter, zweite Tochter des Kaufmanns Robert Kapsreiter und seiner verstorbenen Ehefrau . . .«

Natürlich fiel es dem Vater auf, daß sie am nächsten Morgen statt in Jeans in Rock und Pullover am Neumarkt erschien, ihrem besten Pullover, der noch nicht vom Waschen verfilzt war. Die Großmutter hielt die Waschmaschine für eine so großartige Erfindung, daß sie vertrauensvoll alles hineinsteckte. Die Folge war, daß Wollpullover schnell verfilzten und Socken in kürzester Zeit um die Hälfte kleiner wurden.

»Nächstens kommst du wohl im Abendkleid, wie?« fragte er.

Ihr Entschluß stand fest. Lange würde er nicht mehr so mit ihr umspringen können. Wenn sie erst einmal eine richtige Stelle hatte, würde sie sich nichts mehr gefallen lassen.

Am späten Vormittag, als sie sicher sein konnte, daß niemand von der Familie am Neumarkt vorbeikommen würde, deckte sie ihren Karren ab, steckte die Kasse zum Zeugnis in die Tasche und machte sich auf den Weg. Ganz wohl war ihr nicht. Vor zwei Jahren hatte sie sich über ihre Klassenkameraden lustig gemacht, die »sich abschätzen lassen müssen wie ein Stück Schlachtvieh«. Und nun ging sie selbst zur Schlachtbank. So war ihr jedenfalls zumute. Plötzlich fehlte ihr der Karren, hinter dem sie Arme und Beine verstecken konnte. Der Karren war wie ein Schutzwall gegen ihre Unsicherheit.

Die Lindenallee trug ihren Namen zu Unrecht genau wie der Neumarkt. Vielleicht hatte es einmal Linden gegeben entlang einer gemütlichen kopfsteingepflasterten Straße, die seinerzeit zu den Wiesen und Äckern außerhalb des Ortes führte. Die Bäume waren längst abgeholzt.

An ihrer Stelle schwangen sich Bogenlampen über die verbreiterte Straße. Hier hatten sich Baugeschäfte und Autofirmen angesiedelt, da gab es eine Suppenfabrik und einen Matratzenhersteller, ein Gebäude imposanter als das andere und eines häßlicher als das andere. Der Weg war länger, als Silke geglaubt hatte. Der Wind fegte über Lager- und Parkplätze. Er blähte ihren Mantel auf, daß er sie einhüllte wie ein Sack voller Kälte.

Sie erschrak, als sie Koselmann sah. Das war der größte Komplex, eine verwirrende Anhäufung verschieden großer Gebäude. Vielleicht hatte Koselmann einmal in dem unscheinbaren gelb verwaschenen Seitenflügel angefangen, der jetzt überwuchert wurde von fensterblinkenden Fassa-

den und riesigen Lagerhallen. Die Tür zum Haupteingang öffnete sich lautlos. Silke kam in eine Halle voller Licht und Farben. Nach dem Heulen des Windes und Rauschen des Verkehrs umgab sie unerwartete Stille. Teppiche dämpften jeden Laut, und das eigentümliche Licht hätte sie feierlich stimmen können, wenn sie nicht auf Arbeitssuche gewesen wäre.
»Zimmer 114«, sagte der Portier, »erster Stock.«
Das erste Obergeschoß bestand aus verwinkelten Gängen. Während der Suche nach Zimmer 114 hatte Silke Zeit, sich noch einmal mit gespreizten Fingern durch das windverwehte Haar zu fahren und den Regenmantel in die Tasche zu stecken. Da war es: 114. Anmeldung. Silke klopfte dreimal, und als sie immer noch keine Antwort bekam, öffnete sie die Tür.
»Können Sie denn nicht lesen?« wurde sie empfangen. »Bitte nicht anklopfen!«
Der Raum wurde von einem Tresen in der Mitte geteilt. Ein Mädchen saß an einem Schreibtisch und rührte in einer Tasse mit dampfendem Tee und hielt es offenbar nicht für nötig, Silkes wegen aufzustehen.
»Ich möchte arbeiten«, fing Silke unsicher an. Du liebe Zeit, jetzt dachte die affige Person womöglich, sie sei arbeitslos. »Das heißt, im Augenblick bin ich noch Verkäuferin. Bei meinem Vater.«
Die junge Dame nickte ungeduldig. »Verwaltung oder Fertigung?«
Silke sah sie hilflos an. »Wo verdient man denn mehr?«
»Der Verdienst«, sagte die junge Dame hochmütig, »richtet sich nach der Leistung! Sprechen Sie einmal mit Herrn Wehmeier. Es dauert aber eine Weile. Nehmen Sie solange Platz!«
»Danke, ich stehe lieber«, sagte Silke steif, und doch zitterten ihr die Knie, daß sie sich kaum aufrecht halten konnte. Trotzig lehnte sie sich an die Wand und verschmähte den

Sessel mit dem abgenutzten Bezug. Nach einer Weile klopfte es zaghaft an die Tür. Zuerst wurde sie nur einen Spalt weit geöffnet. Breite Schultern schoben sich herein, danach ein dunkler Haarschopf. Jede Bewegung dieses jungen Menschen schien um Entschuldigung für etwas zu bitten. Er zog den Kopf ein, als ob er kleiner erscheinen wolle, und öffnete die Tür nur einen Spalt, wie wenn er sich seiner breiten Schultern schäme. Verlegen lächelte er nach allen Seiten. Er trug eine grobe Kordhose mit blankgewetzten Knien und ein kariertes Flanellhemd, das am Kragen schon durchgescheuert war. Und obwohl er noch sehr jung aussah mit der wogenden Lockenpracht, die sich bis tief in den Nacken hinein kräuselte, ließ etwas in seinen Augen, die lang und in den Winkeln hochgezogen und von sandiger Farblosigkeit waren, sein Gesicht alt und ernst erscheinen. Unschlüssig blieb er mitten im Raum stehen.
Die Empfangsdame mußte dreimal »bitte?« sagen, jedesmal ein wenig schärfer, ehe er die Aufforderung begriff. Mit einem Riesenschritt war er an der Barriere, die Hand zum Gruß vorgestreckt, eine unglaublich große Hand, die einen Augenblick hilflos in der Luft schwebte. Es dauerte nur ein paar Sekunden, bis er merkte, daß sie seine Hand nicht wollte. Aber es waren quälende, peinliche Sekunden. Er zog die Hand zurück. Silke fühlte sich beschämt, als sei es unrecht, diese hilflose Hand in ihrer ganzen überflüssigen Größe heimlich anzusehen.
Sie konnte nicht verstehen, was am Schreibtisch geredet wurde. Die Empfangsdame mußte immer wieder »wie bitte?« fragen. Ein Gastarbeiter, dachte Silke, er kann kaum Deutsch. Wie konnte man unter solchen Bedingungen arbeiten? Und wie schlimm wurde es erst, wenn die Leute kein bißchen Geduld mit einem hatten wie diese unausstehliche Empfangsdame. Nach längerem Herumbuchstabieren an seinem Namen scheuchte sie ihn mit einer Handbewegung an die Wand.

Silke spürte seine verstohlenen Blicke, er tat ihr leid, dennoch genoß sie ihre eigene Überlegenheit. Sie brauchte nicht mehr lange zu warten. Die Empfangsdame brachte sie zu Herrn Wehmeier, einem Mann, der es eilig zu haben schien. Er ließ Silke gar nicht erst ausreden. »Arbeit«, sagte er, »Arbeit haben wir genug. Haben Sie Ihre Papiere dabei?« Er trommelte mit den Fingern auf den Tisch, während Silke mit ihrer vollgestopften Tasche kämpfte. Das Geld in der Kasse klirrte leise.

»Sie kommen doch nicht gerade von einem Banküberfall?« fragte der Personalchef schmunzelnd und warf nur einen kurzen Blick auf das Zeugnis, das schon ziemlich mitgenommen aussah. »Na ja, so ein Zeugnis sagt wenig über den Menschen aus. Was man bei uns braucht, hat man in der Schule ohnehin nicht gelernt. Koselmann ist die Schule fürs Leben, sozusagen.« Er lächelte selbstgefällig. Dann lehnte er sich zurück und faltete seine Hände über dem Bauch. »In der Arbeitsvorbereitung ist eine interessante Stelle zu besetzen. Ich suche eine junge Dame wie Sie, Sie müssen eine schnelle Auffassungsgabe haben und die Übersicht behalten können, wenn es mal hoch hergeht. Ein wenig Einsatz verlangt die Sache schon. Aber für sechshundert im Monat . . .«

»Sechsh . . .«, Silke verschlug es die Sprache.

»Sechshundert für den Anfang«, fügte der Personalchef schnell hinzu. »Wir müssen ja erst einmal sehen, was in Ihnen steckt. Aber ich kann keine Leute gebrauchen, die einmal in der Woche ausfallen, weil sie zur Berufsschule müssen.«

»Ich werde mit meinem Vater reden«, sagte Silke eilig. Sie hatte ihre Stimme wiedergefunden. Sechshundert Mark! Sie dachte an ihre magere Lehrlingsbeihilfe. Trockener und wärmer als hier, hörte sie Heidi sagen, und um Punkt vier ist Schluß . . .

Aus einer Schublade seines Schreibtisches holte der Perso-

nalchef ein weißes Formular hervor, aus einer anderen ein dickes Buch. »Schauen Sie sich unser Programm an. Ich stelle mir vor, daß eine junge Dame wie Sie Spaß an unseren Leuchten haben wird.« Er zeigte ihr, wo der Vater unterschreiben müsse. »Und lassen Sie bald wieder von sich hören. Wir brauchen Sie sofort.«
Auf Wiedersehen, Kollegin, lächelte Silke die Empfangsdame im Vorzimmer an. Aber nur der junge Mann erwiderte ihr Lächeln. Seinetwegen brauchte sie sich keine Sorgen zu machen. Er konnte ja kein Deutsch und könnte ihr die Stelle nicht wegnehmen. Arbeitsvorbereitung, fast eine Büroangestellte zu sein! Sechshundert im Monat! Zuerst war es nur wie leise Musik gewesen, jetzt dröhnte es wie wildes, freudiges Getöse in ihrem Kopf: Ich habe eine Stelle!

## III

Gegen Abend hatte die Sonne alle Schmutzschleier des Tages vertrieben. Sie hing am Ende der Eisenbahnstraße, als sei dort ihr Bett, wo die Häuserzeilen sich im spitzen Winkel trafen. Der Glanz, den sie verbreitete, schien hinter der Straße ein schöneres Land zu versprechen. Ein Abglanz aller Farbenpracht traf auch die hohen Wände von Kapsreiters Wohnzimmer, goldene Streifen flossen über die vergilbten Tapeten und gaben dem düsteren Gemälde über dem Sofa einen Hauch von Heiterkeit.
Aber dieser Eindruck entsprach durchaus nicht den Tatsachen. »Bei Kapsreiters ist wieder mal der Teufel los«, sagte Frau Bartels zu ihrem Mann, und lange würde sie sich das nicht mehr anhören, dann würde sie zum Besen greifen und auf den Fußboden klopfen.
Es hatte ganz harmlos angefangen, ein Abend wie gestern und vorgestern. Herr Kapsreiter hatte die Zeitung gelesen,

mit halbem Ohr auf die Regionalnachrichten gelauscht und auf das Abendbrot gewartet. Da war Silke hereingekommen.
»Ich habe eine Stelle«, hatte sie gesagt, fast gelangweilt, wie man so sagt »Ich habe heute die Stromkosten bezahlt« oder »Du solltest mal wieder zum Frisör gehen.«
Er hatte die Zeitung nicht einmal weggelegt. Dagmar sagte auch manchmal so sonderbare Dinge, die man nicht ernst zu nehmen brauchte. Am besten, man hörte gar nicht hin. Einmal wollte sie wohltätig sein und die ganze Familie zu Spenden für irgendeine Gruppe Hilfsbedürftiger anstiften, ein anderes Mal wollte sie furchtbar schnell furchtbar viel Geld für neue Kordhosen verdienen. Mit Adressenschreiben zum Beispiel, das konnte man ja nicht ernst nehmen.
»Ich kriege sechshundert im Monat«, hatte Silke hinzugefügt. »Koselmann. Sie machen Leuchten.«
Endlich hatte Herr Kapsreiter die Zeitung fortgelegt und mißtrauisch das dicke Buch angesehen, das Silke ihm über den Tisch zuschob, ein erstes Zeichen, daß sie nicht phantasierte.
»Koselmann? Kenne ich nicht!« Und wen er nicht kannte, der existierte für ihn nicht. Da hatte Silke ihm auch noch das Vertragsformular mit der angekreuzten Stelle gegeben. Inzwischen hatte die Großmutter schon zweimal zum Abendessen gerufen. Jetzt steckte sie den Kopf zur Tür herein und witterte sofort Unheil. Silke hatte gehofft, allein mit dem Vater sprechen zu können. Aber das war in dieser Familie nicht möglich. Nach der Großmutter war Gisela hereingekommen und wenig später Dagmar, die sich wunderte, warum sie so lange allein am Abendbrottisch warten mußte. Sie hatte sich sofort den Katalog angeeignet.
Herr Kapsreiter hatte immer noch geschwiegen. Mitten in der beklemmenden Stille war Silke mutig geworden, oder war es Angst, die sie dazu trieb, ihre Sache zu verteidigen, ehe sie angegriffen wurde? Sie wollte arbeiten, zupacken,

sagte sie, den Ausdruck liebte er doch? Sie wollte nicht sinnlos herumstehen. Und Geld würde sie ins Haus bringen: Sechs-hun-dert Mark! Natürlich würde sie nicht mehr zur Berufsschule gehen, sinnlos vertane Zeit. Hatte er das nicht selber gesagt, donnerstags, wenn er für sie Gemüse am Neumarkt verkaufen mußte?
»Sechshundert!« echote Dagmar voller Respekt.
Da war Herr Kapsreiter explodiert. Zuerst fuhr er auf Dagmar los, sie solle nur ihren vorlauten Mund halten und lieber zusehen, daß ihre Hausaufgaben stimmten. Ihm war klargeworden, daß es Silke ernst war, ausgerechnet Silke, mit der er eigentlich am wenigsten Sorgen gehabt hatte – wenn er es jetzt bedachte: gute Zensuren in der Schule, anstellig im Laden, kräftig, fast nie Widerworte, lungerte abends nicht an Straßenecken herum, führte keine langen Telefongespräche bei geschlossener Tür und stellte auch sonst kaum Ansprüche. Ausgerechnet Silkes Unverschämtheit setzte allen kleinen Unverschämtheiten seiner Töchter die Krone auf. Das ging über jede Hutschnur. Jetzt mußte er hart durchgreifen. Die sollten ihren Vater kennenlernen! Wer wagte da noch, sich ihm zu widersetzen? Hatte er nicht sein ganzes Leben vertan, um diese drei Bälger großzuziehen, hatte er nicht alles geopfert, um ihnen eine gesicherte Zukunft zu bieten? Und was hatte er nun davon? Nichts als Undankbarkeit. Alles umsonst.
Von wem hatte sie das überhaupt? Das kam doch nicht von ihr? Irgend jemand hatte ihr da einen Floh ins Ohr gesetzt. Die feine Freundin von gegenüber? Oder Onkel Sepp? Natürlich, Onkel Sepp! Immer, wenn es Unfrieden gab, war Onkel Sepp der heimliche Anlaß. Die Sache mit Silkes Urlaub war noch nicht vergessen, nicht einmal Onkel Sepps Rede bei ihrem Schulabgang vor zwei Jahren. Da haben wir's! Na warte, der wird sein blaues Wunder erleben . . .
Die Großmutter versuchte, Herrn Kapsreiter zurückzuhal-

ten. Es ging doch wirklich niemanden etwas an, wenn bei ihnen der Haussegen schief hing. Wer weiß, was er in seinem Zorn sagte, was ihm hinterher wieder leid täte? Und was sollte Herr Wegener, der Untermieter, bei dem Lärm von ihnen denken? Aber Herr Kapsreiter ließ sich nicht beirren. Er rief Onkel Sepp an. Der hörte ihm eine Weile zu, dann ließ er sich Silke geben.

»Soweit ich das Gebrüll deines Vaters verstanden habe, hast du dir auf eigene Faust eine Stelle gesucht?«

»Ja!«

»Das war nicht sehr klug von dir. Hab noch ein Jahr Geduld, dann ist deine Lehre beendet. Dann hast du etwas, worauf du bauen kannst. Oder ist das eine Lehrstelle? Du weißt doch, eine ordentliche Ausbildung ist das wichtigste!«

»Ausbildung!« höhnte Silke. »Kaffee kochen und Briefmarkenlecken habe ich auch ohne Lehrvertrag gelernt! Ich weiß doch von Klassenkameraden, wie es in anderen Betrieben zugeht!«

»Es gibt Firmen, die bieten ihren Lehrlingen eine sehr gute Ausbildung.«

»Und wenig Geld!« trumpfte Silke auf.

»Du willst es dir also nicht noch einmal überlegen?«

»Nein!«

»Schlaf noch eine Nacht darüber!«

»Nein!«

»Den Dickkopf hast du von deinem Vater«, stöhnte Onkel Sepp. »Du machst dir deine Zukunft kaputt!«

»Pah – Zukunft ist jeden Tag. Ich habe es nun einmal satt, Kartoffeln zu verkaufen! Da ist Koselmann zehnmal angenehmer!«

»Wer sagt dir das?«

Herr Kapsreiter wurde ungeduldig und nahm Silke den Hörer aus der Hand. »Da hast du deinen Einfluß!«

Onkel Sepp versuchte ihn zu überzeugen, daß Silke ganz

allein diese Sache eingefädelt hatte – ein Streich, nichts mehr. Das wischte man mit einem einzigen »Nein« vom Tisch. Es war das erste Mal, daß er Herrn Kapsreiter recht gab. Aber sonderbar, Herr Kapsreiter schien diesen Triumph nicht zu genießen. »Ist schon gut«, sagte er ruhig, »ich weiß Bescheid!« Dann legte er auf und sah Silke an. »Wir wollen doch mal sehen, wer am Ende recht behält!« Sein Blick war drohend. »Du sollst deinen Willen haben. Löffle nur aus, was du dir eingebrockt hast! Aber komm mir nicht wieder an! Und wenn du bei Koselmann die Werkstatt fegen mußt – von mir hast du kein Mitleid zu erwarten!«

Jetzt müßte sie aufatmen. Geschafft! Vielleicht sollte sie ihm um den Hals fallen. Aber Silke blieb regungslos stehen. Ihr war, als müsse das Unwetter erst jetzt richtig über sie hereinbrechen.

»Gib den Wisch her!« sagte er herrisch. »Ich unterschreib' ihn dir!«

Das war eher eine Erniedrigung, nicht, als gäbe er ihrem Wunsch nach.

»Wann soll ich anfangen?« fragte Silke leise.

»So schnell wie möglich. Glaub nur nicht, daß wir auf dich angewiesen sind! Wie stellst du dir überhaupt deine weitere Zukunft vor? Auf meine Hilfe scheinst du ja verzichten zu wollen!«

Silke preßte die Lippen zusammen. Sie nahm den Vertrag, ging hinaus und fühlte sich alles andere als froh.

Dagmar kam hinter ihr. »Hat er dich 'rausgeschmissen?« fragte sie flüsternd. »Ich verstehe das alles nicht!«

»Ach, laß mich doch zufrieden!« Zum ersten Male seit langem mußte sie im Badezimmer Zuflucht suchen. Aber es war nicht mehr dasselbe befreiende Gefühl wie früher. Geschlossene Türen schützten nicht vor unangenehmen Gedanken. Das Neue stand so unmittelbar bevor, daß Silke Angst hatte, den Überblick zu verlieren. Es ließ sich nicht einordnen – ein verschwommenes Gebilde, so türmte es sich vor ihr auf, nicht drohend, aber beunruhigend in seiner Undurchschaubarkeit. Sie hätte gern noch ein wenig mehr Zeit gehabt, um sich »vorzubereiten«. Es gab so viel auszudenken. Jetzt brachte der Vater sie um die Vorfreude. Der plötzliche Wechsel war wie ein Sprung in kaltes Wasser. Wie, wenn er und Onkel Sepp am Ende recht behielten?

Jetzt war sie eine von ihnen. Von nun an gehörte sie zu denen, die morgens mit der Straßenbahn einer wichtigen Arbeit entgegenfuhren. Jetzt würden sich alle Träume verwirklichen.

Aber sonderbar, vom Gemüsekarren aus hatte das alles anders ausgesehen, gemütlicher. Jetzt stand sie eingeklemmt in der Menschenmenge auf der Verkehrsinsel, eine dunkle Mauer, die sich fester zusammenschloß, als ein schrilles Klingeln die 17 ankündigte. Den Blick starr nach vorn gerichtet und einander gleichzeitig bewachend, standen sie da. Wer drängelte mit der Aktentasche? Es half überhaupt nichts, den Fuß querzustellen. Der Stärkere gewinnt doch. Ellenbogen wurden unerbittlich benutzt und ebenso unerbittlich bekämpft. Die Bahn hielt lange; Silke fürchtete schon, zu spät zu kommen. Beharrlich klammerten sich die Leute an den äußeren Haltestangen fest und versuchten, ins Wageninnere nachzudrängen. Immer wieder klingelte es, die Türen schlossen sich, stießen auf Widerstand, und die Schaffnerin sagte ironisch ins Mikrophon: »Ich habe Zeit!« Dem einen oder anderen gelang es doch noch, sich hineinzuzwängen. Der Rest gab schließlich fluchend auf. Die Bahn fuhr ab. Silke stand gegen das Fenster gepreßt. Sie wandte den Kopf und versuchte, Herrn Kapsreiter zu übersehen. Er hatte die Wagenräder des Karrens leuchtend gelb bemalt, die wie Sonnen im Grau dieses Oktobermorgens leuchteten. Die Arme vor der Brust verschränkt, starr-

te er mit einem Blick vor sich hin, der einem angst machen konnte.
Es waren nur zwei Haltestellen vom Neumarkt bis vor Koselmanns Tür. Und zu Fuß war ihr der Weg so lang vorgekommen! Zielbewußt stieg Silke die Treppe zum Zimmer 114 hinauf. Es war leer. Sie mußte lange warten. Ihr zuversichtliches Lächeln, das sie für diesen bedeutungsvollen Tag bereit gehabt hatte, erstarrte. Als die Empfangsdame endlich kam, noch im Mantel, war der Glanz des ersten Tages schon ein wenig angekratzt.
Die junge Dame hatte nicht sofort Zeit für sie. Sie mußte erst ihren Schirm zum Trocknen aufstellen und ihr Kopftuch zusammenlegen – das ging ja noch an. Sie sah mürrisch aus, als störe sie Silkes Anwesenheit. Dann mußte sie die Schränke öffnen, Bleistifte bereitlegen, den Stempelhalter zurechtrücken und ein Kalenderblatt abreißen. Dann erst wandte sie sich an Silke, die ihr stumm den Vertrag zuschob. »Fertigung«, sagte sie gleichgültig, »da hätten Sie schon vor einer Stunde anfangen müssen!«
»Arbeitsvorbereitung«, verbesserte Silke beleidigt. Trotzdem – wie unangenehm, den ersten Tag mit einem Fehler anzufangen, ehe man überhaupt etwas angerührt hatte!
Die Empfangsdame beachtete sie nicht und fing an, im Haus herumzutelefonieren, immer wieder von vorn, wählen, warten, »Guten Morgen, hier ist...« Nach knapp einem Satz legte sie wieder auf, seufzte, wählte neu. Der Personalchef war noch nicht da. Ein anderer wußte nicht Bescheid. Niemand wollte Silke Kapsreiter haben. Endlich, nach dem dritten Gespräch, atmete sie auf. »Gleich kommt jemand!«
Es dauerte noch eine ganze Weile, und Silke stand da und fühlte sich unwohl in ihrem Sonntagskleid. Es geschah ihr nun zum zweiten Male, daß sie nicht wußte, wo sie ihre Hände lassen sollte, und selbst mit den Füßen schien etwas nicht in Ordnung zu sein. Vielleicht lag es nur an dieser

Empfangsdame, die so viel Selbstsicherheit ausstrahlte. Silke war froh, als es klopfte. Ein dunkler Lockenkopf schob sich herein, Schultern folgten nach, spähende, sichernde Blicke. Silke erkannte ihn sofort wieder. Er trug noch dasselbe karierte Hemd und die blankgewetzten Kordhosen. Als hätte er den letzten Rest Mut zusammengekratzt, stürmte er zur Barriere und sah die Empfangsdame erwartungsvoll an. Fehlte nur noch, daß er die Hacken zusammenschlug und die Hände an die Hosennaht legte.
»Bitte nicht klopfen!« fauchte die junge Dame. »Wann werden Sie sich das endlich merken?« Sie deutete auf Silke. »Eine neue Mitarbeiterin . . .«
Der junge Mann nahm die ausgestreckte Hand, überrascht, aber zuvorkommend. »Guten Morgen«, sagte er. Offenbar hatte er immer noch nicht gelernt, daß eine ausgestreckte Rechte nicht unbedingt zum Händeschütteln einlud.
Die Empfangsdame zog ihre Hand heftig zurück. »Zeigen Sie Fräulein Kapsreiter den Weg zu Herrn Roßbauer«, sagte sie schroff.
Silke hätte ihm gern die Hand gegeben, weil sie sich freute, ihn wiederzusehen. Es war schön, gleich zu Beginn einem Bekannten zu begegnen. Jetzt fühlte sie sich nicht mehr so verlassen. Aber er lächelte sie nur scheu an und ging schnell voran. Er führte sie durch einen langen Gang, der das Hauptgebäude freischwebend über dem Parkplatz mit der Fabrik verband, eine Röhre aus Glas mit sehr viel Licht. Silke wäre gern stehengeblieben, um die ungewohnte Aussicht zu betrachten. Aber der junge Mann hatte schon die Tür am anderen Ende geöffnet. Der Lärm traf sie wie ein Hammerschlag. Er quoll aus den Tiefen der Halle, die sich vor ihnen auftat. In der Höhe des ersten Stocks führte eine Plattform rundum. An den Außenwänden klebten Glaskästen wie Vogelkäfige, in jedem Käfig ein, zwei Leute, die sich wie Scherenschnitte gegen die großen Fenster abhoben, bebrillte Männer, geplusterte Bärte (nur noch

schwach erinnerte sie sich an die Träume von einem hübschen Untermieter mit Bart). Wenn sie näher hinsah, konnte sie Einzelheiten unterscheiden. Sie beugten sich über große Zeichenbretter, sie tippten lange Zahlenkolonnen auf Papierstreifen, hakten Listen ab und bliesen Zigarettenrauch in Telefonmuscheln.

Silkes Selbstbewußtsein brach zusammen. Wohin war sie geraten? Was wollte sie eigentlich hier? Da hatte Heidi ihr schön etwas eingebrockt! Am liebsten wäre sie auf der Stelle wieder umgekehrt.

Ihr Begleiter tippte ihr auf die Schulter und deutete auf einen kleinen, dicken Mann, der mit schnellen Schritten auf sie zukam. Sein Kittel blähte sich wie ein geöffneter Sack, der sie einfangen wollte.

»Das hat aber lange gedauert, Tschatscha!« polterte er los, und Silke wunderte sich, daß er bei all dem Getöse so gut zu verstehen war. »Du weißt doch, daß die 604er gekommen sind! Das Lager wartet!«

Der Ausländer versuchte zu erklären. Aber er war zu langsam, sprach zu undeutlich, und der Dicke scheuchte ihn mit einer Handbewegung die Treppe hinab.

Silke sah ihm bedauernd nach, da entschwand ihr einziger Vertrauter; sein kariertes Hemd war ein leuchtender Farbfleck unter lauter grauen Kitteln, die sich da unten in der Halle gebeugt bewegten wie gepanzerte Kriechtiere.

»Unsere Neue!« sagte der Dicke dröhnend, und ein Lächeln ging über sein feistes Gesicht. Sein Kittel hatte sich inzwischen beruhigt und sah nicht mehr so besitzergreifend aus, aber dafür spießten seine Augen hinter den dicken Brillengläsern sie förmlich auf. »Wir dachten schon, Sie hätten es sich anders überlegt! Schön, daß Sie doch noch gekommen sind!« Sein Händedruck schraubte sie fest. Er steuerte auf die nächste Tür zu und öffnete sie. »Das ist sie!« sagte er. Es war nicht herauszuhören, ob er eine erfreuliche oder betrübliche Neuigkeit brachte.

Drei Gesichter wandten sich ihnen zu. »Das ist Fräulein Kapsreiter.« Dann nannte er drei Namen, und Silke ging herum und gab jedem die Hand und wunderte sich, daß es so schwer war, sich drei Namen und die dazugehörigen Gesichter einzuprägen. War Frau Hankemeier die mit der Brille oder die im braunen Wollkleid? Oder hieß sie Hackmeier?

Silke war enttäuscht von ihren neuen Kolleginnen. Alle drei waren viel älter als sie und strahlten eine gewisse Würde aus, wie sie da hinter ihren Schreibtischen thronten, gleichsam eingebaut von Akten und Papier, jede Herrin über eine Rechenmaschine und ein Heer von Kugelschreibern. Silke nestelte an ihrem Mantel. Ihr war heiß geworden. Für sie hatte man einen Tisch ohne Schubladen unter dem Fenster zur Werkhalle aufgestellt. Er war blank und leer.

»Wir hängen unsere Mäntel in den Schrank da, aber Sie müssen sich einen eigenen Bügel mitbringen«, sagte eine der Frauen. ›Der Schrank da‹ verstellte den Blick ins Nachbarzimmer. Silke legte ihren Mantel über die Stuhllehne. Dann stand sie wieder herum.

»Vertragt euch gut«, sagte Herr Roßbauer, »und daß mir keine Klagen kommen. Jetzt habe ich keine Zeit. Ich komme später wieder.«

»Hier«, sagte die Frau im Wollkleid und reichte Silke den Katalog. »Schauen Sie sich unser Programm an. Es kann nichts schaden, wenn Sie sich die einzelnen Typen schon einmal einprägen.«

Silke wagte nicht zu sagen, daß sie das Programm schon kannte. Brav setzte sie sich an den leeren Tisch und fing an zu blättern. Hübsche Lampen, was gab es da einzuprägen? Dagmar hatte sich schon eine für ihren zukünftigen Schreibtisch ausgesucht, und die Großmutter liebäugelte mit einer, die sie Fernsehlampe nannte.

Nach einer Weile konnte sie das Gähnen nicht länger zurückhalten. Sie spähte vorsichtig umher. Die schmale Wand zwischen den zwei Fenstern war mit bunten Ansichtskarten bepflastert. Aber das machte den Raum auch nicht freundlicher. Die Rechenmaschinen ratterten dreistimmig, manchmal unterbrochen von Telefonklingeln, und eine Frauenstimme sagte »Verflixter Apparat« oder »Hier ist niemand« und hob dann doch ab. Manchmal wurde die Stimme heftig, manchmal endete das Gespräch mit Lachen. Dann stellten sie Silke einen Holzkasten mit numerierten gelben Karten hin. Sie lagen wild durcheinander und mußten geordnet werden. Das war eine Sache von einer Viertelstunde, dann saß sie wieder da, starrte in den Katalog und warf verstohlene Blicke in die Werkhalle. Sie konnte die elektrische Uhr sehen, deren Zeiger mit aufreizender Langsamkeit vorrückten. Hin und wieder gingen Leute vorbei, in Hemdsärmeln oder in grauen Kitteln. Jeder sah ihr ins Gesicht, manche blieben sogar stehen, reckten den Hals und zwinkerten ihr zu. Ein schöner Platz war das, schlimmer als am Neumarkt!

Am späten Vormittag erschien ein junger Mann in kariertem Anzug. Er wurde mit Hallo begrüßt. »Was gibt's Neues, Kalli? Hast du auch solche Lust?«

»Lust wie ein Löwe«, sagte er, »könnt' mich hinlegen und brüllen.«

Silke wunderte sich, daß niemand lachte. Sie hätte gerne gelacht, aber sie traute sich nicht.

»Ah, da ist ja eure Neue!« Kalli wandte sich an sie. »Fräulein Kappes – ich meine Kapsreiter! Wenn Sie nicht zu mir kommen, muß ich zu Ihnen kommen. Ohne meinen Stempel sind Sie sozusagen gar nicht da!«

Es stellte sich heraus, daß er aus der Buchhaltung kam und ihre Papiere haben wollte.

Silke sah zu, wie er sie einstrich, die Lohnsteuerkarte, die Zeugniskopie, den Lebenslauf, und in einen Aktendeckel schob. Die Falle schnappte zu. Jetzt gab es kein Zurück mehr. Und wie ein Bankangestellter einem das Geld vorzählt, so blätterte er ihr dann seinerseits Papiere hin, Betriebsverfassung, Zusatzbedingungen, Rundschreiben vom, Nachtrag zum Rundschreiben vom, »Liebe Kolleginnen und Kollegen . . .« Zum Schluß erhielt sie eine Stempelkarte mit einer dicken schwarzen 127. Die sprang ins Auge; die Nummer war wichtig, nicht der Name, der klein und unleserlich mit der Hand darunter geschrieben war, falsch dazu, Kappsreiter mit zwei p. Sie mußte den Empfang aller Papiere bestätigen und hatte ein Gefühl, als zöge die Firma das Netz um sie immer enger zu. Fehlte nur noch ein Stempel auf irgendeinem Körperteil: Eigentum der Firma Koselmann.

»Wie ich euch kenne, habt ihr Fräulein Kapsreiter noch nicht einmal den Betrieb gezeigt«, sagte der Buchhalter zu den anderen.

»Nach dem Mittagessen«, sagte die Lange in der Ecke, »dann seid ihr da oben satt und sanft.«

»Der Hering verdreht mal wieder alles! Wir da oben sind die Lämmer«, klärte der Buchhalter Silke auf, »aber wenn man hier hereinkommt, muß man immer einen Fleischbrocken für die Raubtiere mitbringen.«

Aber dann mußte er sich schnell zurückziehen. Ein Radiergummi aus der hintersten Ecke verfehlte ihn um Haaresbreite.

Um zwölf schellte es zur Mittagspause, es klingelte nicht, es war auch kein Pfeifen. Es schepperte, als sei eine ganze Herde Leitkühe auf dem Weg zu ihnen. Die Fabrikhalle leerte sich in Windeseile, die meisten Maschinen wurden abgestellt, nur einige summten monoton weiter wie verirrte Stubenfliegen.

»Wir haben auch eine Kantine«, klärte die Frau mit Brille Silke auf, »aber wir bleiben mittags lieber her. Da erholt man sich besser.«

Was blieb Silke anderes übrig, als auch hierzubleiben?

Sie öffneten die Fenster, um wenigstens etwas frische Luft hereinzulassen. Trauerklöße waren das jedenfalls nicht, sie redeten ununterbrochen; alles, was sich bei ihrer Tipperei in ihnen angestaut hatte, brach jetzt in einem gewaltigen Rede- und Lachstrom hervor. Aber Silke konnte nicht mitlachen. Sie verstand nicht, worüber die anderen sich amüsierten. Es war, als sprächen sie eine andere Sprache.
Nach der Mittagspause kam die Lange an Silkes Tisch. »Na, dann wollen wir mal unsere Tour machen«, sagte sie, »Händchen geben, Knicks nicht vergessen!«
Sie mußten die Plattform verlassen und die Halle durchqueren. Silke hatte Mühe, die neue Kollegin nicht in dem Labyrinth von Arbeitstischen zu verlieren. Über ihnen öffneten sich gierig die Greifer von Kränen, surrende Elektrowagen rollten an ihnen vorbei, von allen Seiten schrie es »Vorsicht« und »Juhu«. Silke glitt auf abgeschnittenen Kabelenden aus und machte einen großen Bogen um die funkensprühenden Schweißgeräte. Sie gingen in die Packerei und ins Lager, und dann wehte von irgendwoher frische Luft. Durch einen Türspalt schaute blauer Himmel herein, und plötzlich hatte Silke das Gefühl, als sei dieses Stück blauer Himmel ihr Ziel, der einzig erstrebenswerte Traum. Eine Sekunde lang bildete sie sich ein, es nicht mehr aushalten zu können. Nur fort von hier – aber wohin? Die andere zog sie weiter, Türen, Gesichter, Hände, Gerüche, hier der Eiseshauch aus dem Raum von Frischluftfanatikern, dort eine Mischung von Apfelsinenschalengeruch und dem Duft nach irgendeinem gesunden Tee. Unterwegs erfuhr Silke das Dringendste über Koselmann. Der »Hering«, ihre Begleiterin, hieß eigentlich Fräulein Häring und wußte eine ganze Menge: nur nicht vom »Roß« einschüchtern lassen, Hunde, die bellen, beißen nicht, die »Meiersche« ist in Ordnung, sie führt ein strenges Regiment, wenn sie nicht will, wird eben nicht gelacht, aber wenn's drauf ankommt, dann kann man auf sie zählen. Vor den Leuten

im Packraum sollte man sich lieber in acht nehmen. Die tun bloß so freundlich, die sind gar nicht so. Papiere abliefern und schnell wieder gehen, Grüßen nicht vergessen, damit nehmen sie's genau, aber kein Wort darüber hinaus. Sonst heißt es gleich wieder, die in der Arbeitsvorbereitung haben wohl nichts zu tun. Am schlimmsten sind die Hühner im Büro – ganz im Vertrauen. Wieso Hühner? Sie gackern. Sie nehmen sich ungeheuer wichtig. Für die sind wir bloß Kellerasseln. Sozusagen. Ihre Ratschläge wirbelten in Silkes Kopf herum, und um vier Uhr hatte sie das Gefühl, als sei kein Arbeitstag am Neumarkt je so lang gewesen wie diese ersten acht Stunden bei Koselmann. Es regnete, als sie nach Hause ging. Unter dem Rand ihres Schirms sah sie nur die eigenen Füße, die den Pfützen auswichen. Einmal trat sie auf das halbzerfetzte, aufgeweichte Hauptblatt der Abendzeitung. »Mutter von vier Kindern ...«, las sie. Der entscheidende Teil der Schlagzeile war abgerissen. Silke starrte darauf nieder, unfähig, sich vorzustellen, daß es noch wichtigere Erlebnisse gab als ihren ersten Tag bei Koselmann.

Sie hatte den Schritt gewagt. Wie sollte sie ahnen, was er bedeutete! Aber, fragte sie sich, waren die anderen nicht auch einmal neu gewesen? Die Neue oder der Neue. Es hatte sicher eine Weile gedauert, ehe sie »Kalli« oder »der Hering« wurden. Dieser Tschatscha schien es schnell geschafft zu haben. Vielleicht brauchte sie nur ein bißchen mehr Geduld.

Der erste Tag ist immer ein besonderer Tag, genau wie der letzte.

Jeden Abend dieselben Fragen. Jeden Abend dieselben Lügen. Wenn sich alles so leicht in einem Satz sagen ließe! Wie war es heute? Na, prima! Hast du heute was Neues gelernt? Klar, jeden Tag was Neues (von eins bis dreihundertzehn zählen, Rot und Blau unterscheiden, sich am

Telefon melden, ohne mit der Stimme zu zittern . . .). Wie sind die anderen? Natürlich sind sie nett. (Ich bin ja auch nett.) Bring deine Freundin doch mal mit.
Was für Ideen die Großmutter hatte! In der kurzen Zeit war man sich ja kaum nähergekommen. Was sind zwei Wochen in einer neuen Firma? Frau Hankemeier mußte diät leben und brachte sich deswegen ihr Essen im Henkelmann mit, der mit einem besonderen Bändchen gekennzeichnet war (damit Silke ihn leicht unter den anderen Töpfen erkannte, denn es war ihre Aufgabe, das Essen zu holen), Fräulein Häring ließ sich jeden Mittag zu einem Schnaps von den Leuten im Nachbarzimmer einladen (zum Aufmöbeln), und Frau Sillner zog Wollsocken über, bevor sie morgens zu arbeiten anfing, der Fußkälte wegen; der Mensch fühlt sich wohler, wenn er warme Füße hat.
Was wußte die Großmutter, wie es zuging »da draußen«? Sie war ja nie herausgekommen aus dem Kreis ihrer Familie. Was war schon Kapsreiters Milchladen, verglichen mit Koselmanns Arbeitsvorbereitung? Die Großmutter war schon zu alt, um zu begreifen, daß es mancherlei gab, über das kein freundschaftliches Schulterklopfen hinweghalf, weil jeder Schranken mit sich herumtrug, die er selbst erst überwinden mußte. Silke hätte ihnen gern alles erzählt. Aber wie anfangen? Hab' ich's dir nicht gleich gesagt, würde der Vater sagen (wenn er sie jemals fragen würde, wie es ihr bei Koselmann erging!). Aber er fragte ja nie. Wart's ab, würde die Großmutter sagen, kommt Zeit, kommt Rat, die Zeit heilt alle Wunden. Nichts wird so heiß gegessen, wie es gekocht wird. Silke kannte ihre Sprüche im voraus. Mit denen konnte sie nichts anfangen.
Nein, es hatte keinen Sinn, sich zu beklagen. Sie hatte es selbst so gewollt. Onkel Sepp ging sie auch lieber aus dem Weg. »Na, ist die Firma Koselmann schon pleite mit deiner Hilfe?« fragte er jedesmal, wenn sie sich trafen. Es war einer seiner üblichen Witze.

Heidi hatte auch »gar keine Zeit« für Silke, als Silke bei ihr anrief. Nur ganz nebenbei fragte sie, wie es Silke auf der neuen Arbeitsstelle gefalle.
»Nach zwei Wochen weiß man noch nicht viel«, sagte Silke und wollte doch etwas ganz anderes sagen. »Sie sind alle ganz nett.«
»Das klingt ja nicht begeistert! Eigentlich ist es doch egal, wofür du dein Geld kriegst. Hauptsache, du kriegst es.«
»Man hat so viel Zeit. Manchmal jedenfalls. Dann kommt man auf blöde Gedanken!«
Heidi lachte nur. »Denk dir doch was Schönes! Freu dich, daß sie dich nicht in die Löterei gesteckt haben! Ich habe den ganzen Tag irgendwelche blöden Drähte zusammengelötet. Am ersten Tag habe ich mir gleich fünfmal die Finger verbrannt!«
Damit war Silke auch nicht geholfen. Abends im Bett konnte sie reden. Nicht mit den anderen. Dagmar schlief meistens schon, wenn Silke ins Bett ging, und Gisela kam später. Der Himmel mochte wissen, was sie noch draußen in der kalten Wohnung trieb. Dann hielt Silke Zwiegespräche mit sich selbst und konnte in Gedanken schneller reden als Heidi.
»Der erste Tag? Daß ich nicht lache! Da läßt man sich noch leicht ein X für ein U vormachen! Zu Anfang glaubt man noch alles, was sie einem versprochen haben. Wenn man sich bewirbt, tun sie nämlich noch, als sei der zu besetzende Posten der wichtigste im Betrieb, dann fühlt man sich als die Schraube, die alles zusammenhält, und hat keine Ahnung von den unzähligen Schräubchen, die schon vor einem da sind und sich womöglich das gleiche einbilden. Wenn man erst richtig da ist, dann lassen sie einen erst einmal stehen. So kommt es einem jedenfalls vor. Schließlich erbarmt sich jemand und erklärt einem das zukünftige Arbeitsgebiet. Man kann es natürlich nicht sofort übernehmen. Das leuchtet einem ein. Das geht schön Stück für

Stück, und jeden Arbeitsgang muß man sich neu erklären lassen, weil einem die Zusammenhänge beim ersten großen Vortrag entgangen sind. Wenn man zum fünften Male fragt, wie war das noch, bedeutet »rot« eine Wand- oder eine Stehlampe, dann seufzen sie und sagen einem erst einmal wieder, daß es Leuchte heißt. Dann lassen sie einen spüren, daß man ihnen auf den Wecker fällt. Beim nächsten Mal versucht man, allein dahinterzukommen, aber je länger man darüber nachdenkt, um so mehr verwirrt sich alles, bis man in hoffnungsloser Verzweiflung doch wieder fragt.

Längst ist einem klar, daß es die anderen sind, die die wichtigen Funktionen haben. Sie geben immer nur ein bißchen von ihren großen Aufgaben ab. Mit dem bißchen, das sie einem zuteilen, ist man viel zu schnell fertig. Vermutlich hat man gepfuscht. Lieber noch mal nachgucken, oder doch lieber nicht. Vielleicht kommt etwas ganz anderes heraus und man weiß nicht, woran es liegt. Die Qual sollte man sich lieber ersparen. Dann überlegt man: sagt man, ich bin fertig, was soll ich jetzt tun? Oder tut man noch eine Weile so als ob, guckt zum Fenster hinaus? (Wenn es da bloß was zu gucken gäbe! Manchmal regnet es, und dann findet man sogar einen Regenspaziergang schöner als hier herumzusitzen.) Man fragt sich, warum sie einen überhaupt eingestellt haben. Man wird bockig. Die haben es so gewollt. Hauptsache, man kriegt etwas fürs Herumsitzen. Ist doch ihre eigene Dummheit, wenn sie ihr Geld so zum Fenster hinauswerfen.

Aber dann gibt es wieder Tage voller Hetze und Ärger, jeder will etwas, und zwar sofort, nur eine klitzekleine Handreichung, doch man kann eben nicht alles auf einmal tun. Man überschlägt sich, macht Fehler in der Eile. Das muß ja schiefgehen. Man wird angebrüllt und erkennt, daß man mit lumpigen Sechshundert eigentlich unterbezahlt ist für so viel Leiden. Aber man kann seinem Ärger keine Luft machen! Man fühlt sich ausgeschlossen von den anderen und eingeschlossen mit sich selbst. Das Rennen, das Türenschlagen, der Telegrammstil, mit dem sie sich manchmal verständigen – das alles bestätigt einem nur noch mehr, daß man nicht dazu gehört und daß die anderen viel wichtiger sind. Natürlich können sie einen nicht ganz übersehen. Manchmal fragen sie einen aus, nur ein bißchen, so von oben herab. Wo kommst du eigentlich her? Noch so jung! Eigentlich kannst du noch gar nicht mitreden. Nur nicht zu viel sagen, sonst wird man womöglich als Klatschtante verschrien, aber auch nicht zu wenig sagen, sonst ist man ein Muffel oder hochnäsig . . .«

Und das, dachte Silke, bin ich doch wirklich nicht. Sie war immer zuvorkommend und freundlich, wie sie es zu Hause gelernt hatte. Aber sonderbar, bei Koselmann wirkte es nicht. Niemand sagte: »Was für ein nettes Mädchen!« Wenn sie ein Zimmer betrat, wenn sie lächelte, fast gegen ihren Willen, dann bemerkte sie erstaunte Blicke. Dann fror das Lächeln fest und wurde zur Grimasse. Es brachte sie nicht weiter als bis zu einem eigenen Spitznamen. »Da ist ja die Kleine, die immer grinst wie ein Honigkuchenpferd.« Irgend jemand hatte es einmal gesagt. Es hatte sich herumgesprochen. Wenn sie durch die Werkstatt ging, wieherten die Bengel hinter ihr her.

»Machen Sie sich nichts draus«, versuchte Frau Sillner sie zu trösten, »mich nennen sie Schnecke. Die haben nicht mal vorm Alter Achtung. Aber deswegen werde ich mich nicht einen Schritt schneller bewegen!«

Meistens kam Gisela herein, ehe Silke ihre Gedanken zu Ende bringen konnte. »Lieg doch still«, sagte Gisela dann, »hast du Flöhe im Bett?« Dann lag Silke still, und statt der Gedanken kam das Papier. Jedes Stück Papier, das am Tag durch ihre Hände gegangen war, kehrte wieder zurück. Hatte sie den vergessenen Arbeitsgang in die richtige Auftragstüte gesteckt? Hatte sie sich auf dem Materialschein nicht verschrieben? Abschreiben, schönschreiben, hatte sie sich anfangs lustig gemacht, das lernt man doch in der ersten Klasse. Offenbar hatte sie damals nicht genug geübt. Wenn sie dann endlich einschlief, träumte sie von Bergen goldbrauner Semmeln und Nußzöpfen. Für Wagners die Mohnsemmeln herausfischen, für Frau Bartels den weichsten Camembert bereithalten – das waren Aufgaben, denen sie gewachsen war! Wenn der Wecker klingelte, dauerte es lange, ehe sie in die Wirklichkeit zurückfand. Der neue Tag war wie ein Spiegel, der ihre eigene Wertlosigkeit zeigte. Alle anderen hatten ihren Wert, Gisela und Großmutter, der Vater und sogar Dagmar mit ihren Englischsorgen und Lieblingsfreundinnen war in Silkes Augen glücklicher dran als sie selbst.

Zu Hause wußte niemand etwas von dem blanken Schreibtisch, Silkes Platz. Die anderen in der Arbeitsvorbereitung hatten wenigstens Schubladen, in denen sie persönliche Dinge verwahren konnten, keine Geheimnisse, bewahre, lebensnotwendige Dinge wie Teebeutel und Zuckerstücke, ein Glas mit Puderkaffee und Papiertaschentücher. Silke fühlte sich heimat- und sinnlos an ihrem leeren Tisch. Sie hatte nur den Karteikasten mit gelben Zetteln und ein Häufchen aufgeschnittener brauner Kuverts, auf die sie fortlaufende Nummern stempelte, wenn sie nichts anderes zu tun hatte – alle Arbeit, die sie tat, war Füllarbeit, Arbeit aus zweiter Hand; oder Vorarbeit, damit jemand anders die wichtige Arbeit leisten konnte.

Wenn sie zufällig allein im Raum war und das Telefon klingelte, zuckte sie jedesmal zusammen und ließ es eine Weile klingeln in der Hoffnung, der am anderen Ende werde die Geduld verlieren und auflegen. Wenn sie sich doch meldete, kam sie ins Stottern und verstand nur die Hälfte von dem, was sie ausrichten sollte.

Nach drei Wochen war ihr immer noch nicht klar, was ihr Arbeitsgebiet war, ob ihre Hauptaufgabe wirklich nur darin bestand, Umschläge zu stempeln, Papiere herumzutragen und Coca-Cola und Essenstöpfe für die anderen zu holen. Sie hatte es so gewollt. Jetzt war sie »Fräulein Kapsreiter«. Aber auch das war ganz anders als in ihren Träumen von Kollegen und Gemeinschaft. Die bestand bei Koselmann aus acht Stunden, das war alles. Die Arbeit zwang sie, miteinander auszuhalten, und um die Arbeit ein wenig aufzulockern, erzählten sie sich das eine oder andere aus ihrer Freizeit. Und dann wurde Silke sich erst recht ihrer traurigen Lage bewußt: allein unter lauter älteren Damen (Fräulein Häring rechnete sie der Einfachheit halber hinzu, weil sie verlobt und ihr darum schon zu fern war). Frau Sillner lebte mit einer Tochter zusammen. Frau Hankemeier war ganz allein. Wenn man sie reden hörte, könnte man meinen, es lohne sich, nur für Kanarienvögel und Balkonblumen zu leben. Silke hatte Mitleid mit ihr und mit sich selbst. Fräulein Häring sammelte Kochrezepte und träumte von einer bestimmten Ledergarnitur für ihr zukünftiges Wohnzimmer. Ein Schlafzimmer aus Schleiflack wartete bereits auf einem Möbellager. Geheiratet wurde erst, wenn alles beieinander war. Tipptopp eingerichtet sollte die Wohnung sein, die Fräulein Häring und ihr Zukünftiger einmal beziehen würden.

Für die anderen blieb Silke die Neue, bestenfalls die Kleine, der man von seinen Süßigkeiten abgeben konnte. Ihretwegen mußten sie flüstern, wenn sie sich Witze erzählten. Frau Hankemeier sah sehr darauf, daß die Kleine in ihrer Abteilung nicht verdorben wurde. Silke gehörte in ihren Augen noch zu den selten gewordenen Exemplaren vorbildlicher Jugendlicher, die schwiegen, wenn Erwachsene redeten, und abends früh ins Bett gingen.

Wenn Silke einmal angerufen wurde, spitzten sie die Ohren. Dann hörte Fräulein Häring sogar auf, die Rechenmaschine zu traktieren. Aber nie konnte Silke ihnen eine Sensation bieten. Es war die Großmutter, die eine bestimmte Wurstsorte vom Schlachter am Neumarkt mitgebracht haben

wollte, oder Gisela, die an die Rundfunkzeitung erinnerte. Wenn Silke auflegte, sahen die anderen enttäuscht und ungläubig drein, und als sie schon ein wenig vertrauter miteinander waren, sagten sie: »Stille Wasser sind tief. Eines Tages werden wir noch Überraschungen mit Fräulein Kapsreiter erleben.«
Da konnten sie lange warten! Die Überraschungen beschränkten sich darauf, daß öfter einmal etwas schiefging – lauter kleine Katastrophen, an denen die Neue in der Arbeitsvorbereitung schuld war. Das Honigkuchenpferd.
Im Grunde war sie nicht mehr wert als dieser Ausländer, den die anderen Tschatscha nannten. Niemand redete mit ihm. Die anderen mochten ihn nicht besonders. Er war der Laufjunge da unten und kam oft zu ihnen herein, um etwas zu holen. Meistens hatte er das Pech, die Damen bei einem interessanten Privatgespräch zu stören. Dann stand er mit hängenden Armen und stumpfem Blick an der Tür und wartete, bis ihn jemand fragte, was er wolle.
»Der hat ja einen bösen Blick!« stellte Fräulein Häring einmal fest. »Mir ist er richtig unheimlich!«
Silke horchte auf. Zeigte er nicht allen dasselbe Gesicht? Dachte er sich etwas dabei, wenn er sie anlächelte?
»Und haben Sie schon einmal seine Pranken gesehen?« fiel Frau Sillner ein. »Wo der hinpackt, da wächst kein Gras mehr. Dem möchte ich nicht im dunklen Wald begegnen!«
Silke wurde wütend. Wußten sie eigentlich, was sie da reden? Sie fing an, ihn zu beobachten, suchte nach Zeichen, die das Gerede der anderen widerlegten.
Er hatte denselben Weg wie sie. Morgens kam er aus der Richtung vom Güterbahnhof, und Silke versuchte zu erraten, wo er wohnte. Bei der Schule? Bei der Kneipe? Gab es in dieser Gegend überhaupt Häuser, in denen Gastarbeiter wohnten? Sie hatte es gern, wenn er vor ihr herging. Sein breiter Rücken war wie ein Schutz vor den Gefahren des Tages. An der Stempeluhr grüßte er sie scheu und ließ ihr

den Vortritt. Dann war der Zauber zerbrochen. Sein Lächeln umgab ihn wie ein Wall, den niemand durchdringen konnte. Sobald er einen fremden Blick spürte, lächelte er. Wie viele verschiedene Lächeln es gab! Lächeln, damit der andere die Angst, die Traurigkeit in einem nicht sieht. Lächeln, damit jemand etwas Bestimmtes tut oder kauft. Und nun dieses Lächeln: Kommt mir nicht zu nah, ich tu euch auch nichts.

Sobald er sich unbeobachtet fühlte, verschwand das Lächeln, sein Gesicht wurde alt und ein wenig verbittert.

Sein Lächeln und auch seine Traurigkeit erzählten eine Geschichte, die Silke gern gekannt hätte. Sie unterschied sich bestimmt von den Geschichten der anderen Kollegen, die für ein Auto oder für einen Farbfernseher sparen, von einer bestimmten Polstergarnitur oder einer Südlandreise träumen – das paßte nicht zu dem Bild, das sie sich von ihm machte. Er war allein, und er würde allein bleiben, bis er genügend Geld gespart hatte, um nach Hause zu seiner Familie zu fahren. Geld genug, um in seiner Heimat ein Haus zu bauen oder ein Auto anzuschaffen – was wußte sie, wovon Leute im Süden träumten?

In Gedanken malte sie sich seine Behausung aus. Man weiß doch, wie die Gastarbeiter bei uns leben müssen, fünf in einem Zimmer, Gardinen aus Staub an den Fensterscheiben, Milch und Butter draußen auf dem Fenstersims, am einzigen Tisch unter einer Glühbirne kartenspielende Männer. Das fünfte Bett von rechts oben war sein Bett, und da lag er, um ihn herum Lärm und Gerüche. Die Arme unterm Kopf verschränkt, starrte er zur Decke und summte eine traurige Melodie.

Das Bild rührte sie. Silke hätte ihm so gern geholfen, ihm wenigstens etwas Nettes gesagt. Aber wie fing man so etwas an? Die anderen würden Augen machen, wenn sie ausgerechnet bei ihm in der Werkstatt stehen bliebe. »Na, schon eingelebt?« könnte sie ihn ganz lässig fragen, wie sie selbst

schon unzählige Male gefragt worden war. Aber wahrscheinlich ärgerte er sich genauso über solche Fragen, wie sie sich darüber ärgerte.
Das ist ein guter Tag, dachte Silke, als sie eines Mittags in der leeren Kantine mit ihm zusammentraf. Ganz allein standen sie nebeneinander vor dem dampfenden Wärmebehälter, und Silke hatte Herzklopfen und wußte nicht, wie sie es anfangen sollte. Längst hatte sie Frau Hankemeiers Topf entdeckt. Aber sie tat noch, als suche sie.
Tschatscha fischte seinen Topf aus der trüben Brühe und wandte sich schon ab. Da entdeckte er sie. Jetzt – dachte Silke.
»Mahlzeit«, sagte er. Und schlurfte davon.
Silke gab keine Antwort und sah ihm traurig nach. Ein blödes Wort! Aus seinem Munde klang es zudem unnötig feierlich.
Dann schepperte es auch schon, und der Strom setzte ein, überrollte sie, teilte sich, trug Tschatscha weiter mit sich fort. Die einen stürzten an ihre Tische, die anderen drängten sich um den Warmhaltebehälter. Links daneben wurde der Automat mit Erfrischungen belagert. Pausenlos spuckte er Flaschen aus. Polternd kamen sie hervor, schnell gegrapscht von ungeduldigen Händen. Der Zigarettenautomat schnappte atemlos. Der Tumult legte sich bald. Die Laute wurden gedämpfter, glätteten sich zu einem eintönigen Geräusch von raschelndem Butterbrotpapier, schabenden Löffeln und murmelnden Stimmen. Unter dicken, blauen Rauchschwaden krümmten sich die Rücken, vier an jedem Tisch, rundgeschliffen wie Steine im Wasser. Silke sah sich an der Tür noch einmal um. Tschatscha war untergetaucht. Wenigstens in diesem Augenblick war er einer von ihnen – und weit entfernt von ihr.

## IV

Die Oktobertage schlichen dahin. Manchmal – besonders an den Wochenenden – war es, als wolle die Zeit stehenbleiben. »Arbeit ist das halbe Leben«, pflegte Herr Kapsreiter zu sagen, wenn er gut aufgelegt war. Silke lernte jetzt erst das Gegenstück richtig kennen: die Freizeit. Zwei Jahre lang hatte sie von ihr geträumt, aber das hatte sie nicht vorausgesehen: So, wie anderen die Arbeit über den Kopf wächst, schien ihr die Freizeit über den Kopf zu wachsen. Natürlich wüßte sie, was sie mit ihr anfangen sollte, wenn – ja, wenn wieder einmal alles anders gewesen wäre, die Kollegen, das Zuhause ... vielleicht müßte man in einer ganz anderen Stadt leben?
Tausend Kleinigkeiten hinderten sie daran, die Dinge zu tun, von denen sie geträumt hatte. Warteten sie nicht mit der Uhr in der Hand zu Hause, wenn sie Feierabend hatte? Liefen sie nicht stöhnend und mit vorwurfsvoller Miene herum, um ihr zu zeigen, wie gut es ihr ging, die sie die Beine »hochlegen« konnte (Großmutters schönster Traum). Und sonnabends erst! An Ausschlafen war nicht zu denken. Gisela hantierte mit ihren Döschen und Tübchen im Bad, als spiele sie Ball damit auf den Steinfliesen, und manchmal schien es Silke, als lasse der Vater den Motor des alten Autos besonders laut aufheulen, nur, um sie zu wecken. Was immer die anderen taten – sie kam nicht los von dem Gefühl, daß sie ihr die neue Freiheit übelnahmen, sie beneideten und, weil sie sie ihr nicht wegnehmen konnten, versuchten, ihr jeden Spaß zu verderben; den Spaß eines ausgedehnten Frühstücks zum Beispiel mit einem Ei und einer Tasse extra starkem Kaffee.

Und auf ein eintöniges Wochenende folgte ein eintöniger Montag. Jeden Montag sagte irgend jemand: »Ich hab' Lust wie ein Löwe, könnt' mich hinlegen und brüllen.« Silke fand das schon längst nicht mehr witzig. Auch die Wochenendberichte waren langweilig und glichen einander. Sensationen waren rar. Erfreuliche Ereignisse waren ein gelungener Rindsbraten oder eine Einladung zu Fondue bei Bekannten, die ein wenig vornehmer als man selbst waren. Nun stand der November vor der Tür. Man war schon im voraus bedrückt über die kommende Zeit, keine Gartenarbeit, keine Spaziergänge mehr, Nebel und ein mieses Fernsehprogramm – wegen der vielen traurigen Sonntage – und im Radio viel klassische Musik. Manchmal geschah etwas am Montag, schreckte sie für einen Augenblick auf aus der Langeweile. Sogar die Statistiken wissen es: Der Montag ist ein besonders unfallträchtiger Tag.
»Ich glaube, da ist etwas passiert!« sagte Frau Sillner. Sie, die ungern einen Schritt zuviel tat und sich lieber von Silke den Ordner reichen ließ, der schräg hinter ihr im Regal stand, sie erhob sich und ging an die Tür und reckte den Hals.
»Hoffentlich nichts Schlimmes! Ich kann doch kein Blut sehen!« Fräulein Häring legte vorsichtshalber die Hand vor die Augen, bereit, im entscheidenden Moment durch die Finger zu blinzeln.
»Ich glaube, es ist der Polack!« sagte Frau Sillner.
Silke horchte auf, nahm zum ersten Male Anteil an diesem Montag. »Der Polack?« entfuhr es ihr. Den Namen hatte sie schon öfter gehört, hatte jedoch nie recht gewußt, mit wem sie ihn in Verbindung bringen sollte. »Tschatscha«, dolmetschte Fräulein Häring. »Der ist von ›driben‹. Ist Ihnen das noch nicht aufgefallen? Wenn er überhaupt redet, redet er komisch!«
»Haben wir denn Gastarbeiter aus Polen?« fragte Silke verwirrt.

»Was heißt Gastarbeiter! Die kommen, um zu bleiben. Aussiedler, noch nie was davon gehört?« sagte Frau Sillner. Aber dann kam er auch schon. Er trug seine Hand wie einen Fremdkörper vor sich her und sah sich hilfesuchend um, als warte er darauf, daß ihm jemand das lästige Ding abnehme. Sie blutete jedenfalls nicht, und Fräulein Häring starrte ihn neugierig an. Herr Roßbauer eilte ihm mit wehendem Kittel voran und riß die Tür zur Arbeitsvorbereitung weit auf, als brauche Tschatscha mehr Platz zum Hindurchgehen als ein gewöhnlicher Mensch. »Einen Stuhl!« befahl er. »Sonst kippt er uns noch um! Kann der Dussel nicht rechtzeitig die Hand wegziehen? Starrt die Kiste an und hält die Hand noch drunter!« Er warf Tschatscha einen anklagenden Blick zu.

Aber Tschatscha sah niemanden an, steif saß er auf dem Stuhl, den Frau Sillner ihm geistesgegenwärtig in die Kniekehlen geschoben hatte. Er starrte auf seine Hand, als könne er das Unglück noch nicht fassen. Silke bereute, daß sie nicht wenigstens am Erste-Hilfe-Kursus teilgenommen hatte. Frau Hankemeier suchte seufzend die Papiere zusammen. Es war ihre Aufgabe, Unfälle aufzunehmen. Jetzt fing die Buchstabiererei wieder an! Die meisten Leute kannte sie nur mit ihrer Stempelkartennummer. Tschatscha war für sie die Einhundertzwanzig, oder einfach der Polack. »Name?« fragte sie mit aufgepflanztem Kugelschreiber.

Armin hieß er. Aber den Nachnamen konnte sie nicht schreiben. Er buchstabierte mit tonloser Stimme. Es gab einen Buchstabensalat von vielen Cs und Zs. Sooft Silke sie auch in Gedanken hin und her schob, es gelang ihr nicht, sie zu einem aussprechbaren Namen zusammenzufügen. »Geboren?«

Das kam wie aus der Pistole geschossen. Silke rechnete im stillen zurück, zwanzig, knapp volljährig. Komisch, eigentlich sah er viel älter aus, aber wenn er den Mund auftat, hatte man das Gefühl, ein Kind vor sich zu haben.

»Wo geboren?« leierte Frau Hankemeier die vorgeschriebenen Fragen herunter. Er mußte seine Antwort mehrmals wiederholen, und immer noch hatte sie ihn nicht verstanden. »Buchstabieren Sie!« sagte sie unwirsch. »Allenstein«, sagte er plötzlich deutlich, daß es jeder verstehen konnte. »Warum sagen Sie das nicht gleich? Allenstein!« wiederholte Frau Hankemeier. Sie schien jedenfalls einen Ort dieses Namens zu kennen.
Silke nicht. Sie nahm sich vor, bei nächster Gelegenheit auf dem Atlas nachzusehen.
»Staatsangehörigkeit?«
»Deutsch.«
Na also! Silke sah sich triumphierend um, aber die anderen taten sehr beschäftigt mit ihrer Arbeit.
»Verheiratet?«
Und wenn er nun mit Ja geantwortet hätte? »Nein«, sagte Tschatscha und schien selbst über die Frage erstaunt zu sein.
»Wo wohnen Sie?«
Die Antwort kam sehr leise. »In der Au.« Romantisch klang das. Aber sie wußten es alle besser. Jeder kannte die »Au«, Klein-Chikago, Mau-Mau-Siedlung. So wurde die Barackensiedlung am Stadtrand genannt, flache Gebäude, die sich hinter verkrüppelten Weiden versteckten. Den Stadtplanern war kein Name mehr eingefallen, weil alle Dichter, Komponisten, Erfinder und Staatsmänner schon belegt waren, und vielleicht hätten sie auch nicht so ganz zu diesem Ort gepaßt. So nannte man die Siedlung »In der Au«. Wenigstens auf dem Stadtplan nahm sich das hübsch aus.
»Unfallhergang?« fragte Frau Hankemeier.
Er wurde nervös. Mit der gesunden Hand fischte er eine Zigarette aus der Brusttasche. Dann sah er sich ratlos-bittend um, bis Herr Roßbauer sein Feuerzeug aus der Kitteltasche holte und ihm Feuer gab. »Schieb ab! Ich werd's ih-

nen erzählen. Der Fahrer wartet an der Rampe auf dich. Er bringt dich zum Unfallarzt.« Er brüllte, als sei Armin schwerhörig. »Mal zu, keine Bange! Der Arzt reißt dir nicht den Arm ab.« Er wartete, bis Armin gegangen war. »Diese Ausländer«, sagte er, als sich die Tür hinter ihm geschlossen hatte, »kein Wort Deutsch können, aber arbeiten wollen und sich womöglich noch wundern, wenn ihnen was auf die Hand fällt, weil sie die Sicherheitsbestimmungen nicht lesen können.«

»Jetzt versteh ich gar nichts mehr!« platzte Silke heraus. »Er hat doch die deutsche Staatsangehörigkeit! Warum kann er dann kein Deutsch?«

»Ich hab's ja schon immer gesagt, die Jugend liest zuwenig in der Zeitung.« Seufzend wandte sich Herr Roßbauer an Silke. »Wie soll er deutsch lesen können, wenn er nicht mal deutsch sprechen kann? Er ist in Polen geboren und in Polen aufgewachsen. So sieht das doch aus. Diese Leute von drüben sollten es sich wirklich reiflich überlegen, ehe sie ihre Kinder in den gelobten Westen verschleppen. Und wenn sie dann erst mal hier sind, kommt der nächste Fehler. Anstatt die Kinder zur Schule zu schicken, lassen sie sie arbeiten, Geld scheffeln. Es lebe der Wohlstand!«

»Die kommen doch alle aus einem Topf!« behauptete Frau Sillner. »Ich kenn' da einen Fall aus erster Hand. Eine Bekannte von mir hatte auch noch Verwandte drüben. Sie wollten unbedingt 'rüberkommen. Meine Bekannte mußte ihnen eine Einladung schicken und das Reisegeld dazu. Jetzt sind sie hier und maulen, weil sie nicht gleich eine ordentliche Wohnung kriegen und weil alles so anders ist, als sie sich vorgestellt haben. Was bilden die sich eigentlich ein? Sie kommen her und nehmen uns die Wohnungen weg! Es geht doch nicht an, daß sie es sich auf unsere Kosten wohl sein lassen!«

»Wem nimmt Tschatscha denn die Wohnung weg? Er lebt doch in der Au!« wagte Silke einzuwenden. Sie mußte sich erst an den Gedanken gewöhnen, daß er kein Gastarbeiter war, keiner, der nur daran dachte, möglichst schnell viel Geld zu verdienen, um wieder nach Hause fahren zu können.

»Na und, mit welchem Recht sollte denen alles in den Schoß fallen?« ging Frau Sillner auf sie los. »Unsereins mußte auch um die Existenz kämpfen. Alle müssen hübsch unten anfangen. So ist das nun mal im Leben.«

Silke hörte nicht mehr hin. Solche Redensarten kannte sie von der Großmutter. Sie ärgerte sich, daß ihr in der ersten Verwirrung so eine dumme Frage herausgerutscht war. Natürlich hatte sie schon etwas von Aussiedlern gehört, denn sie las tatsächlich hin und wieder mehr als nur die Witze in der Zeitung. Sie erinnerte sich auch noch schwach an den Geschichtsunterricht in der Schule. Sie waren gerade bis zum Zweiten Weltkrieg gekommen, zum großen Flüchtlingstreck, Deutschlands Teilung . . .

Aber es war doch etwas anderes, Berichte über Aussiedler zu lesen, als plötzlich einem gegenüberzustehen. Die Berichte sagten wenig über die Menschen aus, nichts über ihr Leben »drüben« und nichts über ihre Träume und Erwartungen.

Abends holte sie den Familienatlas hervor. Er war uralt und löste sich in seine Bestandteile auf. Ihn hatte schon die Großmutter benutzt, um ihre Hochzeitsreise vorzubereiten. Sie war mit dem Finger auf demselben Blatt herumgefahren, das Silke ratlos hin und her drehte, Deutschland in seinen Grenzen vor dem Krieg, ein großes Land, in dem sich ein Ort wie Allenstein nicht so schnell fand.

Die Großmutter kam dazu und half Silke, Alleinstein zu suchen. Sie geriet sofort ins Schwärmen. Die Hochzeitsreise war ihre einzige größere Reise gewesen, Ostpreußen, Masuren, Wälder, Seen . . .

»Wenn es dort so schön ist«, unterbrach Silke sie, »verstehe ich nicht, warum die Leute zu uns kommen.«

»Sie sind Deutsche und fühlen sich fremd unter den Polen.«
»Und hier?« fragte Silke. Darauf wußte die Großmutter keine Antwort. Silke dachte an den Morgen im Büro und fragte sich, wie Armin sich nun unter den Deutschen fühlte.
In dieser Woche erschien er nicht mehr zur Arbeit, und je länger er fortblieb, um so vertrauter wurde Silke mit ihm. Sie fühlte sich ihm noch viel näher, seitdem sie wußte, daß er in der »Au« wohnte. Die »Au« war gar nicht weit entfernt von der Eisenbahnstraße. Ein schmaler Trampelpfad entlang der Bahngeleise verband sie mit der Schrebergartenkolonie am Güterbahnhof.
In Gedanken ging sie ein und aus bei ihm und sagte ganz selbstverständlich »du«. Im Gegensatz zu ihren früheren Träumen hauste er nun mutterseelenallein in einem elenden Loch. Sie kochte ihm Tee und brachte Obst und sprach langsam und deutlich, damit er sie auch verstand. Jedesmal, wenn sie gehen wollte, ließ sie ihn sagen »Bleib noch ein wenig«. Vor dem Einschlafen dachte sie intensiv an ihn und wünschte sich einen Traum. Sie träumte ein einziges Mal von ihm. Der Traum fing nicht gut an. Sie hatte Angst, sie war allein und fühlte sich von allen Seiten bedroht. Sie war in einem kalten Haus und fror und wußte nicht wohin. Hinter den Zimmertüren war Wärme. Aber sie konnte nicht hineingehen. Da drinnen waren die »anderen«, ihre Feinde, vor denen sie sich verstecken mußte, und plötzlich war Armin da. Er kam die Wendeltreppe herab, groß und stark mit wiegenden Hüften wie ein Cowboy. »Komm mit!« sagte er. Sie stahlen sich davon. Sie liefen und liefen und gerieten in einen Wald, aber die Feinde blieben ihnen auf der Spur. Sie hörten die Stimmen ganz nah, ohne sie zu sehen. Nebel umfing sie und nahm ihnen den Atem. Armin hielt sie fest an der Hand. »Ich bring' dich in Sicherheit«, sagte er feierlich, »auf mich kannst du dich

verlassen.« Ihr wurde warm. Vertrauen durchströmte sie. Wie gern hätte sie dem Gefühl nachgegeben, sich einfach hinsinken zu lassen. Irgendwo gab es Wärme und Geborgenheit in diesem Nebel und der Kälte. Armin sah sie zärtlich an und küßte sie.

Silke war glücklich. Das gute Gefühl reichte bis in den nächsten Tag hinein. Aber sie war froh, daß er nicht arbeiten kam, weil sie meinte, er werde ihr von ferne ansehen können, was sie geträumt hatte. Es war ein Freitag, der Tag, an dem sie ihr erstes Gehalt bekam. Wie hatte sie sich darauf gefreut! Es stand ja nur auf einem Papierstreifen, für den sie sich nichts kaufen konnte. Das Geld selbst war auf ein Konto überwiesen worden, das sie eigens für diesen Zweck hatte einrichten müssen. Vorsorglich hatte sie sich ein wenig Geld bei Dagmar geliehen, die immer einen Überschuß in der Spardose hatte. Das erste Gehalt mußte gefeiert werden, sie wußte nur noch nicht wie. Wenn sie jemanden gekannt hätte, mit dem es sich zu feiern lohnte!

Silke fuhr allein in die Stadt. »Ich komme heute abend später«, hatte sie zu Hause gesagt. Eine solche Ankündigung verpflichtete. Sie trieb sich bis zum Geschäftsschluß durch die Kaufhäuser. Sie sah die Farben, es lockte, rief von allen Seiten – aber sie blieb unberührt. All das, was sie sich vor einem Monat noch so sehr gewünscht hatte, schien plötzlich wertlos für sie geworden zu sein. Für einen Plattenspieler reichte es noch nicht, höchstens für eine Schallplatte. Ein Buch? Es gab so viele, und die Leute in den Buchhandlungen wirkten so einschüchternd und hochmütig, daß Silke lieber draußen blieb. Bevor die Kaufhäuser schlossen, kaufte sie an einem Kiosk eine Tüte gebrannte Mandeln. Irgendwie mußte sie ihr erstes Gehalt doch feiern. Dann lief sie noch ein Weile durch die Straßen, die sich schnell leerten. Zurück blieben nur die Schaufensterpuppen, raffiniert angeleuchtet. Sie glotzten teilnahmslos und ein wenig blöde. Was nun? Ins Kino? Die erste Abendvorstellung

hatte schon begonnen, bis zur nächsten waren es noch zwei Stunden.
Jemand streifte sie im Vorbeigehen, ein anerkennendes Zischen, das ihr wie Verachtung in den Ohren klang. Vielleicht hatte es gar nicht ihr gegolten. Sie erschrak und sah sich um. Plötzlich spürte sie die Leere, die sie umgab; sie glaubte, daß es ihr jeder schon von weitem ansehen müsse, wie allein sie war. Eine Gruppe Jugendlicher schlenderte vorbei. Sie lachten und lärmten und merkten gar nicht, daß sich Silke ihnen anschloß, so daß es für Außenstehende so aussah, als gehöre sie dazu. Vor dem Eingang eines Lokals trennten sich ihre Wege. Silke blieb draußen. Eine ganze Weile stand sie vor dem Fenster und tat so, als gäbe es wunder was zu sehen. Sie starrte gegen einen schäbigen Vorhang. Drinnen zuckte es von wechselndem Licht, laute Musik dröhnte. Silke merkte, daß sie drauf und dran war, ihren Kummer vor dem Fenster einer Diskothek auszuheulen. Sie ging schnell weiter und war froh, als sie endlich in der Straßenbahn saß. Was hatte sie sich bloß eingebildet? Das Abenteuer, das besondere, lag nicht auf der Straße.

Der Sonnabend war ein schöner Herbsttag voller Sonne und Farben. Heute wollte sie wenigstens ins Kino gehen. Kino war doch etwas anderes als Fernsehen. In der Dunkelheit des großen Raumes konnte man seine Umwelt vergessen. Aber Gisela hatte keine Lust auszugehen. Sie war eine richtige langweilige Stubenhockerin geworden, seit sie einen Untermieter hatten, und die Großmutter war dagegen, daß Dagmar mit ins Kino ging. Ein Samstagabend in der Stadt schien ihr nicht geheuer, und allein mochte Silke auch nicht gehen.
Als Heidi anrief, war sie im ersten Augenblick gar nicht erfreut. Sie hatte keine Lust, sich ausgerechnet jetzt anzuhören, wie wunderbar es die anderen hatten, während sie hier saß und nicht wußte, woran sie war mit sich selbst.

»Wie findest du das Wetter?« fing Heidi an.
»Den Anruf hättest du dir sparen können, wenn es das ist, was du wissen wolltest!« sagte Silke grantig.
»Das ist doch eine wichtige Frage! Ist das Wetter nicht wie geschaffen für eine Mondscheinparty?«
Silke suchte seufzend die bequemste Stellung auf dem steifen Eßzimmerstuhl, um sich die neueste Hans-Peter-Geschichte anzuhören.
»Wie geht es ihm?« fragte sie pflichtschuldigst.
»Stell dir vor, er hilft mir jetzt in Physik! Ist das nicht phantastisch?«
»Das verstehe ich nicht«, sagte Silke, »wenn du von der Schule abgehen willst, ist es doch wurscht, was für eine Zensur du in Physik bekommst!«
»Kapierst du das nicht? Die Hauptsache ist doch, daß er mich regelmäßig besuchen kommen darf! Meine Mutter ist ganz hingerissen von ihm.«
»Dann brauchst du mich wohl nicht mehr?«
»Red keinen Blödsinn. Deswegen rufe ich doch an! Was hältst du davon, wenn ich heute meine Party in der Gartenlaube steigen lasse?«
»Das fragst du mich?«
»Na, ich denke, du kommst auch!«
»Hat deine Mutter das zur Bedingung gemacht?« fragte Silke spöttisch. Aber um Heidi nicht ganz zu vergrätzen, fügte sie schnell hinzu: »Allein oder zu zweit?«
»Wie du willst. Es kommen einige aus meiner Klasse, Elke und Regina sind auch dabei. Die kennst du doch. Du kannst getrost kommen. Kennst du keinen netten Jungen bei Koselmann? Wie ist es mit dem langen Wolfi aus dem Atelier? Ein feiner Kerl, ich glaube, ich habe seine Telefonnummer. Soll ich ihn einladen? Aber du kannst natürlich auch allein kommen. Jungen gibt es genug.«
»Ich weiß selbst jemanden«, sagte Silke schnell. Das war ihr nur so herausgerutscht, aber es war die einzige Mög-

lichkeit, nicht zugeben zu müssen, daß sie von dem netten Wolfi nicht viel mehr wußte, als daß er einen Vollbart trug.

»Na fein. Um sieben Uhr dann?«

»Aber – er ist ein Ausländer!«

»Um so besser!« sagte Heidi fröhlich. »Das bringt Schwung in die Bude. Die anderen werden staunen.«

Natürlich, Heidi hatte schon immer eine Vorliebe für Ausländer gehabt. Ihr passierte es, daß sie ein ägyptischer Student in der Straßenbahn fragte, an welchem Fluß München liege, und vor einem Jahr beim Schüleraustausch mit englischen Jugendlichen hatte sie sich furchtbar in einen jungen Inder verliebt – sehr zum Ärger ihrer Gastfamilie.

»Was ist es denn für ein Landsmann?« fragte Heidi.

»Ein Gastarbeiter.« Silke hatte es nur aufs Geratewohl gesagt.

»Ach so.« Es klang ein wenig enttäuscht. »Na, bring ihn ruhig mal mit!«

»Meinst du, ein Eskimo wäre interessanter?« fragte Silke gereizt.

»Gott, bist du empfindlich!« schimpfte Heidi. »Das kann man sich bei Koselmann doch gar nicht leisten. Wie machst du das bloß?«

»Soll ich nun kommen oder nicht?«

Heidi lachte versöhnlich. »Natürlich sollst du! Aber trink vorher ein bißchen Baldrian.«

»Was wollte die denn?« fragte Gisela feindselig, nachdem Silke den Hörer aufgelegt hatte. Heidi traute sie nichts Gutes zu, und es war ihr nicht auszureden, daß Heidi Silke auf die Schnapsidee gebracht hatte, bei Koselmann zu arbeiten. Außerdem war sie überzeugt, daß Heidi nur von sich hören ließ, wenn sie Silke brauchte.

Für den Rest des Tages war nicht mehr mit Silke zu rechnen, weder beim Aufräumen im Laden noch beim Abwaschen in der Küche. Sie brauchte viel Feuerholz, viel hei-

ßes Wasser und viel Badeöl. Sie würde Jungen kennenlernen, die anders waren als die Jungen in der Werkstatt, die ihr »Honigkuchenpferd« nachriefen, und anders als die Jungen in der letzten Klasse, die sich nur für Fußball und Mopeds interessierten. Und ihr ausländischer Freund? Ihr würde schon noch rechtzeitig eine Ausrede einfallen. Als sie sich endlich auf den Weg machte, geschminkt und mit haarspray-frisierten Haaren, war sie dann doch sehr aufgeregt. Silke war schon lange nicht mehr bei den Schrebergärten gewesen. Vor zwei Jahren waren sie hier oft mit der Mutter spazieren gegangen. Die Mutter liebte es, anderen Leuten über den Zaun zu gucken und die Blumen zu bewundern, weil sie selbst keinen Garten hatte. Inzwischen waren die sandigen Wege mit Kies aufgeschüttet worden, und der breite Hauptweg war sogar asphaltiert.
Je näher sie Wagners Parzelle kam, um so mehr sank ihr Mut. Sie konnte den Weg gar nicht verfehlen. Der Lärm war weithin zu hören. Zwischen den fast kahlen Bäumen hingen Lampions. Unbarmherzig beleuchteten sie die nackte Erde. An der Gartenpforte stand ein Junge und rasselte mit einer Pappschachtel voll Kleingeld.
»He!« rief er sie an. »Für drei Mark bist du dabei! Nur ein kleiner Unkostenbeitrag!«
Heidi tauchte hinter den Stachelbeeren auf. »Laß den Unsinn, Hans-Peter! Das ist doch Silke! Wir haben früher unsere Puppen in der Regentonne gebadet, und im Winter sind wir mit Skiern vom Misthaufen gefahren. Silke feiert umsonst mit.«
»Ich möchte lieber auch zahlen«, murmelte Silke und war froh, daß sie noch ein wenig Kleingeld in ihrer Manteltasche fand. Nur widerwillig ließ sie sich von Heidi in das Innere des Gartens drängen. Eine Clique, dachte sie, eigentlich gehöre ich gar nicht dazu, auch nicht, wenn ich dafür bezahlt habe.
»Wo ist denn dein Ausländer?« fragte Heidi neugierig.

»Er traute sich nicht«, sagte Silke schnell, »er geniert sich, weißt du, weil er noch nicht genügend Deutsch spricht. Am liebsten ist er mit mir allein.«

»Auch gut«, sagte Heidi. Sie zeigte hierhin und dahin, nannte Namen, und Silke war es wie bei ihrem ersten Rundgang im Hause Koselmann zumute. Immer neue Gesichter tauchten auf, sprangen aus der Dunkelheit hervor und verloschen mit dem Hin- und Herschwanken der Lampions. Silke folgte Heidi zum Zierbrunnen, in dem sie zwischen den Goldfischen Limonadeflaschen kühlten. Sie folgte Heidi auch in die windgeschützte Ecke neben der Regentonne, wo sie Würstchen auf einem alten Spirituskocher wärmten.

»Was Gegrilltes wäre mir lieber«, maulte ein Mädchen.

»Dann bist du auf der verkehrten Party«, erklärte Heidi gleichgültig. Hans-Peter kam den Gartenweg entlang und rasselte mit dem Kleingeld.

»Geschlossene Gesellschaft!« rief er. »Jetzt sind alle da! Wo bleibt die Musik?« Gehorsam setzte Heidi das Tonbandgerät in Gang, und Silke stand daneben und kam sich dumm vor. Wollte sie den ganzen Abend hinter Heidi herlaufen? Sie konnte ja doch nirgends mitreden. Was sie hörte, klang nach Schule, Pauker, Klassenarbeiten, Zensuren. Schule – pah! Eine Weile fühlte sie sich überlegen. Eine Schülerparty – war das nicht eigentlich unter ihrer Würde? Sollte sie den anderen von Koselmann erzählen, von Frau Hankemeiers Kanarienvögeln und Fräulein Härings Schleiflackschlafzimmer, von roten und grünen Auftragspapieren? Niemand merkte, daß sie verschwand. In einem Winkel des Gartens stieß sie auf die Schaukel. Vorsichtig setzte sie sich auf das vom Regen verwaschene Brett. Die alten Taue strafften sich und knarrten leise. Noch hielten sie. Silke lehnte sich zurück und brachte den Sternenhimmel zum Schaukeln. Es war doch noch gar nicht so lange her, da hatten Heidi und sie ihre gemeinsame Zuneigung zu

Günther entdeckt. Und heute –? Silke verzog den Mund. Lachhaft, da saß sie auf der Schaukel und trauerte der Vergangenheit nach. Es gab ja gar nichts zu betrauern! Sie wartete immer noch auf die großen Ereignisse, das war es. Wenn sie etwas erleben wollte, mußte sie sich jetzt in das Getümmel um die Gartenlaube stürzen, eine Limonadenflasche in der einen, eine Brühwurst in der anderen Hand, strahlend, als habe sie genauso viel Spaß wie die anderen. Sie hörte Schritte. Ein Junge tauchte vor ihr auf, kam langsam mit vorgerecktem Kopf auf sie zu, als traue er seinen Augen nicht. »Das ist ja eine ganz Verträumte!« sagte er und lehnte sich gegen den Pfahl der Schaukel.

Silke konnte sein Gesicht nicht erkennen. Nur hin und wieder blitzten Lampions in seinen Brillengläsern auf. Ihr Herz klopfte etwas schneller. War das jetzt der große Augenblick? So mußte eine Liebesgeschichte anfangen, er kam aus dem Dunkel, plötzlich war er da ...

»Deine Mutter hat dir wohl verboten, mit fremden Jungen zu reden, wie?« fragte er nach einer Weile. Der Ton paßte jedenfalls nicht zu einer romantischen Geschichte.

»Nein!« Silke stieß sich heftig vom Boden ab.

»Dich kenn' ich noch gar nicht. Du gehst doch nicht aufs Humboldt-Gymnasium?«

»Nein!« schrie Silke aus der luftigen Höhe. »Nicht aufs Humboldt-Gymnasium und nicht aufs Pestalozzi-Gymnasium und nicht aufs ...«

»Du tust, als sei das eine Zumutung!« sagte der Junge. »Ich wollte dir nicht zu nahe treten. Behalt dein Geheimnis ruhig für dich.«

Abschrecken ließ er sich jedenfalls nicht. Er sagte, er heiße Klaus und blieb. Hin und wieder gab er ihr einen Schubs. Solange sie auf der Schaukel saß, fühlte sie sich sicher. Es war ein schönes Gefühl, so durch die Dunkelheit zu gleiten. Wenn sie recht hoch hinauskam, konnte sie einen Blick auf den erleuchteten Himmel über der Stadt erhaschen.

»Es ist zu kalt zum Fliegen ohne Ohrenschützer. Wir sollten tanzen gehen«, sagte Klaus nach einer Weile.
»Geh doch!«
»Ich möchte dich gern mal bei Licht besehen!«
Silke schnaubte nur durch die Nase.
Von der Laube her wurde gerufen. Die Stimmen kamen näher. »Würstchen! Wer will heiße Würstchen!« Es war Heidi. »Da sind noch zwei! Beeilt euch, ehe euch die anderen alle weggefuttert haben.«
Klaus hielt sie fest. »Wen hast du da eingeladen? Kennst du diese Blume Rührmichnichtan überhaupt?«
»Mach dir keine Hoffnung. Silke ist schon in festen Händen! Sie ist fast siebzehn und hat die Penne hinter sich. Willst du noch mehr wissen? Im Notfall könntest du sie ja auch selbst fragen!« Heidi kehrte zu den Würstchen zurück und Klaus versuchte, die Schaukel festzuhalten.
»Erst siebzehn und schon verlobt – schön verrückt!«
»Ich bin nicht verlobt!« fauchte Silke.
»In so festen Händen kannst du wirklich nicht sein«, sagte Klaus nachdenklich, »sonst wärst du heute abend nicht allein hier. Oder hast du dich mit deinem Freund verkracht? Ich bin nicht gern Lückenbüßer!«
»Er hat heute Nachtschicht.« Silke wunderte sich, wie schnell ihr die Ausreden einfielen.
Der Lärm um sie her wurde stärker. Er kam nicht nur von Wagners Gartenlaube. Auch auf dem Nachbargrundstück wurde geschrien und gelacht. Glas klirrte, ganz nah raschelte es im Gebüsch. Aber es war dunkel.
»Da versuchen sich welche einzuschleichen«, sagte Klaus, »warte, denen werden wir's zeigen!« Er holte einen Lampion und Verstärkung.
»Kommt 'raus!« schrie Hans-Peter. »Wir mögen keine Zaungäste!«
Klaus hielt den Lampion hoch. Sein Licht war türkis und färbte die Gesichter jenseits des Zaunes fahl. Es war eine

kleinere Gruppe Jungen und Mädchen. Sie lehnten sich gegen den Zaun, und das Drahtgeflecht gab nach unter ihrem Gewicht.
»Der Mädchenschreck ist dabei!« flüsterte Heidi. »Der mit der kaputten Hand. Den wirst du doch nicht einladen? Ich habe ihn genau erkannt. Er treibt sich hier in der Kolonie herum. Ich mag ihn nicht!«
»Haut ab!« sagte Hans-Peter barsch. »Bei uns ist wegen Überfüllung geschlossen!«
Die drüben lachten und redeten durcheinander, aber es war kein Wort zu verstehen. Silke schaukelte sachte weiter. Mit dem Schaukeln wollte sie sich selbst vormachen, daß sie gar nicht dazu gehöre. Ihr war die Szene peinlich. Wenn sie sich nur nicht schlugen!
Plötzlich hob sich eine Hand aus der Gruppe drüben. Weiß bandagiert schwebte sie wie ein Luftballon über allen.
»Prost, Honigkuchenpferd!« schrie jemand.
Honigkuchenpferd – das könnte irgendein Junge aus der Werkstatt sein, aber wer außer Armin hatte eine verletzte Hand? Silke schloß die Augen. Zugeben, daß sie den »Mädchenschreck« kannte? Tschatscha, der Polack, Armin – ihr Traum. In diesem Augenblick gab es nichts, das sie miteinander verband. Alle Träume nach Feierabend waren vergessen – bei Koselmann war er das einzige vertraute Gesicht – ein Lichtblick. Hier war ihr Traum wie ein Sandkorn, das man gern aus dem Auge reiben möchte.
Silke sprang von der Schaukel und stellte sich neben Klaus.
»Ich denke, wir wollten tanzen?«
Die anderen lachten und rätselten, wen der »Mädchenschreck« meinen könne, und einigten sich darauf, daß er entweder betrunken oder verrückt sei, und mit so einem wollten sie sich nicht anlegen. Sie kehrten zu dem gepflasterten Viereck vor der Laube zurück und stellten das Tonbandgerät lauter, so daß nichts mehr von dem Lärm nebenan zu hören war. Die Tanzfläche war nicht groß, außerdem

war es so kalt, daß jeder die Nähe seines Partners suchte. Niemand war besonders chic angezogen. Sie trugen Strickjacken und zu große Pullover und Anoraks. Manche versuchten warm zu werden, indem sie wie wild herumsprangen, aber damit belästigten sie die anderen.
»Eine Gartenparty im November, das war eine richtige Schnapsidee!« sagte ein Mädchen.
»Im Juli habt ihr alle Mohrrüben und allen Kohlrabi aufgefressen!« verteidigte Heidi sich.
Klaus war kein guter Tänzer, aber er hielt sie fest und redete, fragte viel und gab ihr das Gefühl, daß er sich für sie interessiere. Er wollte alles wissen und gab nicht eher Ruhe, bis er eine Menge von Koselmann wußte und noch mehr; daß sie keinen Lieblingsschriftsteller und keinen Lieblingsschauspieler hatte, daß sie sich nicht für Politik interessierte, keine Schallplatten sammelte – noch nicht – und im Sommer weder in Frankreich noch in England gewesen war, noch nicht einmal in Italien. Es war ihm anzusehen, daß er das alles sehr merkwürdig fand. Aber es störte ihn offenbar nicht, denn er blieb den ganzen Abend mit ihr zusammen. Später, als es noch kühler wurde, zog er sie näher an sich. Er legte sein Gesicht an ihre Schläfe, und sie spürte seinen warmen Atem wie etwas sehr Vertrautes in ihrem Nacken ... Es war schön, so mit ihm zu tanzen, sich auf der Stelle zu bewegen, an nichts zu denken. Wenn es nach ihr gegangen wäre, hätte sie bis in den Morgen so tanzen können. Aber mitten im Ton brach die Musik plötzlich ab.
»Jetzt haben wir alle Bänder durch«, erklärte Hans-Peter. Die Limonadenflaschen waren leer und lagen verstreut auf den Beeten, die Würstchen waren aufgegessen, und die Kerzen in den Lampions verloschen eine nach der anderen. Die Dunkelheit breitete sich aus und ließ sie die Kälte der Novembernacht fühlen. Die Sterne rückten wieder näher.

»Vielleicht friert es schon«, sagte Heidi bibbernd. Sie steckte ihre Hände unter Hans-Peters Jacke. »Was tun wir jetzt?«
»Entweder machen wir Kleinholz aus eurer Laube und wärmen uns die Füße am Feuer, oder wir gehen zu ›Charly‹«, sagte ein Junge. »Was ist dir lieber?«
»Auf zu Charly!« brüllten die anderen. Die ersten machten sich sofort auf den Weg. Silke wurde gar nicht erst gefragt. Einen Arm um ihre Schultern gelegt, zog Klaus sie mit sich fort. Die stille Gartenkolonie hallte wider vom Getrappel vieler Schritte. Am Güterbahnhof stand ein altes Auto, dem nicht einmal der Schein der Straßenlaterne einen Funken Glanz geben konnte. Es gehörte einem der älteren Jungen. Er dirigierte sie hinein, gab Befehle, half nach. Sie saßen schon dicht gedrängt, so daß kaum noch zu erkennen war, zu wem welcher Körperteil gehörte.
Silke sah dem Geknuffe eine Weile zu. »Ich habe keine Lust mehr«, sagte sie schließlich. »Ich gehe nach Hause!«
»Prima Idee!« fand Klaus. »Ich bring' dich. Jetzt kommt der angenehme Teil des Abends.«
»Der müde Teil«, verbesserte Silke. Die Gefühle beim Tanzen hatten sich wie durch einen Zauber aufgelöst, und zurückgeblieben war Leere. Die Kälte und die Müdigkeit machten sie nüchtern und klarsichtig und ließ sie jeden Schmutz auf der Straße, die alten Häuser in ihrer Häßlichkeit sehen. Klaus bestand darauf, einen Arm um ihre Mitte zu legen. Ihre Hüften rieben sich beim Gehen schmerzhaft aneinander. Es war unbequem so zu gehen, und Silke fragte sich, was die anderen daran fanden. Schon von weitem sah sie, daß zu Hause noch Licht brannte. Klaus war ihrem sorgenvollen Blick gefolgt. »Wohnst du da? Sind deine Eltern noch auf? Schade, ich habe mich so auf einen Kaffee gefreut. Es ist verdammt kalt, findest du nicht?«
Silke ging auf seinen Ton ein. »Verdammt spät. Wenn ich Kaffee trinke, kann ich nicht schlafen.«

»Um so besser!« sagte er lächelnd und legte seine Hand um ihren Hals, die jetzt alles andere als kühl war. »Morgen ist doch Sonntag! Morgen kannst du ausschlafen.« Er kraulte ihren Nacken, als sei sie ein Hund. Silke zog den Kopf fort.

»Laß das!«

Er versuchte sie zu küssen, aber sie wandte den Kopf ab.

»Ich mag das nicht!«

Klaus lachte leise. »Alle mögen das gern. Manche mögen's nur nicht zugeben. Überleg doch mal, wie albern das ist! Alles könnte viel einfacher sein, wenn man ganz offen miteinander ist.«

»Ich verstehe nicht, worauf du hinauswillst.«

»Wir sind doch fast erwachsen!«

Das Lächeln gefror ihr. Was will er, dachte sie, will er das, was ich verstehe? Aber wenn ich es zugebe, lacht er vielleicht und sagt, ich bilde mir allerhand ein. Wie er so dastand, unschuldig lächelnd, sah er richtig nett aus. Er würde sogar der Großmutter gefallen, weil er kurzgeschorene Haare hatte. Ihre größte Sorge war, daß ihre Enkelinnen eines Tages so »einen langhaarigen Affen« nach Hause bringen könnten. Aber das war natürlich kein Grund, Klaus mitten in der Nacht zum Kaffee einzuladen.

»Du gefällst mir«, sagte Klaus leise.

Wie lange hatte sie davon geträumt! Irgendeiner, wenn es nur einer sagte! Silke wartete auf die Wirkung. Aber die Welt wurde nicht aus den Angeln gehoben, die Häuser gegenüber blieben an ihrem Platz. Mit welchen Erwartungen war sie zur Party gegangen! Erwartungen, die sich sonst nur im Kino erfüllten, und nun hatte sie wirklich jemanden getroffen, der war hübsch, und der sagte, sie gefalle ihm – und sie blieb ganz gleichgültig.

»Du bist anders als die anderen«, fuhr Klaus fort, »die Mädchen in der Schule sind doch manchmal richtig – zickig. Verstehst du? Du bist frei und sicher viel reifer als die Gänschen in der Schule.«

Silke lachte so laut auf, daß es in der ganzen Eisenbahnstraße zu hören war. Das Wohnzimmerfenster wurde geöffnet. »Silke?« Es war Giselas Stimme. Silke drückte sich in einen Winkel der Haustür. Nach einer Weile wurde das Fenster geschlossen.
»Du hast aber eine junge Mutter!« sagte Klaus bewundernd.
Silke hörte auf zu lachen.
Klaus beugte sich vor. »Stell dich jetzt nicht an«, sagte er leise, »zeig mir, daß du besser bist als die anderen.« Wieder wollte er sie küssen. Silke wand sich stumm. Es war ganz still. Nur das Knistern ihrer Kleidung war zu hören. Es klang lächerlich wichtigtuerisch in der nachtstillen Straße. »Ich glaube, da kommt jemand«, keuchte Silke. Klaus lachte. »Meinst du, den stören wir? Der wird dich höchstens beneiden.« Er trat plötzlich einen Schritt zurück und steckte die Hände in die Hosentaschen. »Die Chance hast du verpaßt!«
Silke klopfte sich den Mantel ab, wie man sich Schmutz abklopft. »Werd's schon überleben!« Aber sie ging nicht hinein. Worauf wartete sie noch? Das schien Klaus sich auch zu fragen. »Bild dir nicht ein, ich hätte das nicht so gemeint! Ich mag diese Versteckspielchen nicht. Außerdem bin ich aus dem Alter heraus, in dem man Mädchen nachsteigt.«
»Ich dachte, es fängt erst an!«
Klaus grinste. »Es gibt da Unterschiede, von denen du nichts verstehst. Mädchen steigt man nach, wenn man keine Aussicht auf Erfolg hat. Später hat man das nicht mehr nötig.« Er schnippte mit den Fingern. »Ciao Bambina, häng dir nächstes Mal ein Schild um: Meine Stacheln sind echt. Oder geh lieber gar nicht erst auf eine Party.«
Silke schloß nachdenklich die Tür auf. Sie war nicht zufrieden, nicht mit sich und nicht mit Klaus. Wenn er sie einfach geküßt hätte – ohne viel Worte. Vielleicht hätte sie

vergessen, daß es der Falsche war. Vielleicht wäre dann alles anders gekommen. Vielleicht war der Kuß der Schlüssel zum wirklichen Glück, wenn ein dahingesagtes »Du gefällst mir« noch nicht genügte.
Die Wohnungstür wurde wie von Geisterhänden geöffnet. Gisela stand im matten Licht der Flurlampe. Der Panzer von Lockenwicklern um ihren Kopf gab ihr ein kriegerisches Aussehen.
Silke ließ sie lieber gar nicht erst zu Wort kommen. »Bild dir bloß nicht ein, daß du Mutterrolle an mir vertreten mußt!« fauchte sie. »Ich pass' schon auf mich allein auf!« Sie ließ Gisela mit verdattertem Gesicht stehen und schloß sich im Badezimmer ein. Ernüchtert starrte sie ihr Spiegelbild an. Hatte sie nicht ein wenig übertrieben? Wieviel wußte sie von sich selbst? Hätte sie es je für möglich gehalten, daß sie so unsinnig reagieren könnte. Sie hatte Armin stehengelassen, weil sie geglaubt hatte, Klaus, die Clique, zu der sie noch nicht gehörte, seien für sie wichtiger. Im entscheidenden Augenblick hatte sie sich nicht küssen lassen, und nun war sie wieder allein.
Gisela schlief noch nicht, als Silke ins Bett ging. Sie warf sich hin und her und, täuschte Silke sich, oder lachte sie wirklich? »Du – Silke – schläfst du schon?«
»Mhmm«, machte Silke schläfrig und starrte mit weit offenen Augen ins Zimmer.
»Ich muß dir was sagen!« Und nach einer Weile: »Ich bin so froh!«
»Warum?«
»Wir werden uns vielleicht verloben«, flüsterte Gisela. »Ich muß das einfach loswerden. Aber sag's noch niemandem! Bei Vater weiß man ja nie, wie er reagieren wird. Man muß den richtigen Augenblick abpassen.«
Silke verschränkte die Arme unterm Kopf. War sie neidisch – traurig? Dieser Gartenzwerg! Aber wenn er Gisela gefiel?

»Er ist so nett, das kannst du dir gar nicht vorstellen!« flüsterte Gisela. »So ganz anders als alle anderen, die ich bisher kennengelernt habe! So aufmerksam und rücksichtsvoll. Er sagt, ich bin zu schade für das Milieu. Er sagt, er holt mich hier 'raus.«
Silke kam es bekannt vor, als habe sie das schon einmal gehört oder gelesen. Oder hatte sie selbst davon geträumt, daß jemand käme und ihr das sagte?
»Er will mir was von der Welt zeigen. Im nächsten Jahr fahren wir nach Italien, im Mai, wenn es noch nicht so warm ist. Ach, wenn's wenigstens schon April wäre, dann könnte ich sagen: Im nächsten Monat.« Gisela flüsterte noch eine Weile von ihrem Sommer und dem Auto, das er kaufen wollte, und jeder zweite Satz fing an mit »Richard hat gesagt«.
Silke lag noch lange wach und versuchte, Ordnung in ihre Gedanken und Gefühle zu bringen. Gisela war angekommen. So sagt man doch: Jemand ist »im Hafen der Ehe« gelandet. Gisela wußte wenigstens, wo ihr Hafen lag. Und sie? Nach dieser Party, von der sie doch einiges erhofft hatte, war sie ärmer als zuvor. Jetzt konnte sie nicht einmal mehr von Armin träumen.
Obwohl sie die Schwestern deutlich atmen hörte, fühlte sie sich allein. Über ihr wölbte sich das hohe dunkle Zimmer.

## V

Der Sonntag war einer dieser trüben Novembertage, die alle waren wie Totensonntag oder Volkstrauertag. »Wenn es nach dem Wetter und nicht nach Gisela ginge, bliebe ich heute im Bett!« sagte Dagmar. Ihre Stimme drang nur wie durch eine Wattewand zu Silke. Sie blinzelte zum Fenster. Der trübe Tag blendete ihre müden Augen wie hellichter

Sonnenschein. Dagmar reckte den Hals über den Bettrand. »Wie war's gestern?«
Silke schnaufte und drehte sich auf die andere Seite. Nur nichts sehen, nichts hören – nur nicht daran denken.
Dagmar warf einen der zerfledderten Teddybären, die immer noch ihren Schlaf bewachen mußten, über das Kopfteil des Bettes. »Ich hab' dich was gefragt! Erzähl mir was! Hat dich einer geküßt?«
»Kannst du nicht noch lauter brüllen?« fragte Silke unwirsch.
»Hat dich einer geküßt?« brüllte Dagmar. Es raschelte, stöhnte, dann tauchte ihr strähniger Haarschopf in Silkes Bett auf. »Es ist doch wirklich nichts dabei.«
Silke seufzte. Jetzt gab es kein Entrinnen mehr. Dagmar war hartnäckig. Sie rutschte zu Silke unter die Bettdecke.
Gisela steckte ihren Kopf zur Tür herein. Er war umgeben von makellos liegenden Locken. »Seid ihr schon wach?« fragte sie freundlich. »Wir haben schon gefrühstückt! Wir wollten euch nicht stören.«
»Du störst!« rief Dagmar und warf ein Kopfkissen nach ihr. Gisela zog ihre kostbare Frisur zurück. »Wir wollten euch nicht stören!« ahmte Dagmar sie mit zuckersüßer Stimme nach. »Dabei ist sie extra früh aufgestanden, damit sie mit ihm allein frühstücken kann. Ich wette, Gisela ist in den Gartenzwerg verliebt. Was sagst du?«
Silke sagte nichts.
»Wenn sie den heiratet, kann sie noch ein Leben lang mit ihm das Frühstücksei essen«, schimpfte Dagmar. »Den Heizlüfter hat sie auch mitgenommen, weil sie zu faul ist, den Ofen in der Küche anzumachen.«
Im Winter konnte man es im Schlafzimmer nur aushalten, wenn man das Federbett bis zu den Ohren zog oder sich dicht vor den elektrischen Heizlüfter setzte. Dagmar kuschelte sich an Silke und drängte sie an die kalte Wand.

»Ich merk' schon, du willst mir nichts erzählen. Niemand will mir was erzählen. Ihr tut so, als sei ich noch ein Baby, das nicht wissen darf, wie es auf der Welt zugeht.«
»Du hast doch Augen im Kopf!«
»Die genügen eben manchmal nicht. Irgendwas geht hier vor sich, aber ich weiß nicht was. Die anderen sind komisch, findest du nicht auch?«
Silke gähnte. Sie hatte nicht mehr als vier Stunden geschlafen. Das merkte sie jetzt. »Nicht komischer als sonst.«
»Doch, doch, Großmutter ist ganz anders. Sie redet immer von unserem R-u-i-n.« Nach Dagmars Tonfall zu urteilen, konnte sie sich nichts darunter vorstellen.
Silke lachte. »Großmutter redet von unserem Ruin, so lange ich denken kann. Ich glaube, sie hat am meisten Angst davor, daß die Leute über uns reden könnten. Das ist dann unser Ruin.«
»Über was?«
Silke zuckte mit den Schultern: »Wenn du von der Schule fliegst oder wenn eine von uns ein Kind kriegt.«
Dagmar richtete sich kerzengerade auf. »Wer kriegt ein Kind?«
»Ich sag' ja nur, wenn – Großmutter hat eben vor allem Angst, was sie nicht versteht.«
»Wieso versteht sie nichts vom Kinderkriegen?«
»Jetzt ist es aber genug!« rief Silke und schubste Dagmar aus dem Bett. »Nicht einmal am Sonntagmorgen hat man Ruhe vor dir Quälgeist!« Dagmar trollte sich kichernd ins Bad, und Silke drehte sich noch einmal um, froh, eine Weile allein zu sein. Wenn sie diesen Tag verschlafen könnte, diesen endlosen Sonntag! Morgen war die Erinnerung an gestern schon ein wenig ferner. Jeder Tag war gut, der diesen Sonnabend verwischte, diese Gartenparty, Klaus und Armin . . .
Lange blieb sie nicht ungestört. Gisela wollte lüften und trieb sie aus dem Bett. Bald würde die Großmutter erschei-

nen, obwohl sie ihr von Mal zu Mal versicherten, daß sie den Sonntagsbraten auch allein fertigkriegten – sogar die Sauce, garantiert klumpenfrei. Die Kreuzworträtsel in den Lesemappen waren alle gelöst. Schon am frühen Nachmittag flimmerte der Fernseher im Wohnzimmer. Als Silke sich ins Mädchenzimmer zurückziehen wollte, fand sie Dagmar und ihre beste Freundin Silvy vor dem Heizlüfter am Boden sitzen. Sie hatten den »Kamin« eingeschaltet, dessen rotes Licht echtes Kaminfeuer vortäuschen sollte.
»Gleich fängt der englische Film an«, sagte Dagmar liebenswürdig. »Wolltest du den nicht sehen?«
Silke ging ins Eßzimmer. Eine Weile starrte sie das Telefon an. Aber es gab niemanden, dessen Anruf sie erwarten könnte. Klaus? Wenn er nun doch . . .? Aber »aus dem Alter war er ja heraus«. Sie empfand einen schwachen Anflug von Reue, daß sie gestern nicht netter zu ihm gewesen war. Es spielte doch keine Rolle, wer ihr über diese tristen Sonntage hinweghalf. Bei Wagners waren alle Fenster erleuchtet. Sie verhießen Wärme und Leben. Die Vorhänge in Heidis Zimmer waren zugezogen und von innen magisch durchleuchtet. Silke hatte plötzlich Sehnsucht, hinüberzugehen und dabeizusein. Sonderbar, daß sie nicht schon längst auf die Idee gekommen war, Heidi einfach zu besuchen, einmal alles zu reden, was man in drei Telefonminuten nicht sagte, reden, was einem gerade in den Sinn kam, genau wie früher, und manchmal kam Unsinn dabei heraus. Heute, am Sonntag, würde Heidi nicht sagen, daß sie keine Zeit habe. Trotzdem rief sie vorsichtshalber an. Er dauerte lange, ehe drüben der Hörer abgenommen wurde.
»Wir kommen gerade von draußen«, sagte Heidi eifrig, »das war vielleicht ein Durcheinander in der Laube. Möchte wetten, da hat noch jemand nach uns gefeiert, nachdem wir gegangen sind.«
»Wir?« fragte Silke gedehnt. »Ich wollte dich gern besuchen.«

»Hans-Peter ist da«, erklärte Heidi. »Er kocht gerade Tee. Wenn du willst – übrigens, meine Eltern sind bei Bekannten.«
Der rotglühende Vorhang gegenüber bekam eine neue Bedeutung. »Dann möchte ich lieber nicht kommen«, erwiderte Silke verlegen.
»Das war eine feine Party, was?« fuhr Heidi merklich erleichtert fort, »mir scheint, dich hat's erwischt! Du bist ganz schön verknallt in Klaus! Das haben alle gemerkt.«
»Man braucht sich doch nicht gleich zu verlieben, wenn man ein bißchen miteinander tanzt!«
»Aber wie ihr getanzt habt! Und bei ›Charly‹ seid ihr auch nicht gewesen. Ach je, dein ausländischer Freund! Den habe ich ganz vergessen.«
»Siehst du.« Dann wußte Silke nicht mehr, was sie sagen sollte.
Heidi redete leise mit jemandem im Hintergrund. »Bist du noch da?« fragte sie schließlich.
»Ja, was ich dich noch fragen wollte. Was ist eigentlich mit dem ›Mädchenschreck‹? Ist er wirklich gefährlich?«
»Unheimlich auf jeden Fall. Ist er dir noch nie begegnet? Wir nennen ihn den Mädchenschreck, weil er immer vor einem auftaucht, wenn man nicht damit rechnet. Hochgeschlagener Jackenkragen, Hände in den Hosentaschen, finsterer Blick, immer allein. Der Himmel mag wissen, was er hier verloren hat. Vielleicht ist er auch nicht richtig im Kopf. Scheint ein Ausländer zu sein. Möchte wissen, was die gestern für eine Sprache gesprochen haben.«
»Jetzt brauchst du ja keine Angst mehr vor ihm zu haben. Offenbar hat er nicht nur ein, sondern gleich mehrere Mädchen gefunden«, sagte Silke und hoffte, daß Heidi die Bitterkeit in ihrer Stimme nicht erkannte. Heidi hatte ihr gar nicht zugehört. Sie schrie plötzlich. »Du, ich muß auflegen. Hans-Peter wollte Tee kochen und hat eine kleine Überschwemmung verursacht! Bis später.«

Später – wann? Silke knallte den Hörer auf die Gabel, und während sie das rotleuchtende Fenster auf der anderen Straßenseite anstarrte, war ihr, als sehe sie verbotenerweise durch ein Schlüsselloch.

Silke haßte die Wochenenden. Während der freien Tage sehnte sie sich danach, daß es Montag werde, damit sie wieder Beschäftigung hatte. Aber spätestens am Montag fing sie an, sich auf den Freitag zu freuen. Dieser neue Montag unterschied sich durch nichts von seinen Vorgängern mit seinem Gähnen und dem langsamen Anlaufen. Man hat ein wenig vergessen, womit man am Freitag aufgehört hat.

Silke wurde erst richtig wach, als Frau Hankemeier beim Kontrollieren der Stempelkarten sagte: »Sieh einer an, unser Polack ist wieder da! Ich hab' schon gedacht, er kommt gar nicht wieder.«

»Und dabei hat er seine Hand immer noch bandagiert«, erzählte Fräulein Häring. »Das Roß wird gerührt sein von so viel Arbeitseifer.«

Jedesmal, wenn die Tür ging, schrak Silke zusammen. Sie sehnte sich danach, sein kariertes Hemd zu sehen, sein breites Lächeln – und gleichzeitig hatte sie Angst vor der ersten Begegnung. Ob er sich an den Sonnabend erinnerte? Vielleicht war er betrunken gewesen? Sie hoffte es, aber sie konnte den Abend deswegen nicht vergessen. Sie dachte an die Mädchen, die bei ihm gewesen waren. Was bildete sie sich eigentlich ein? Sonderbar, hatte sie ihm nicht das Beste gewünscht, hatte sie ihn nicht bedauert wegen seiner vermeintlichen Einsamkeit? Warum war sie jetzt enttäuscht?

Trotzdem ging sie mittags in die Kantine. Sie saß jetzt manchmal zusammen mit den Mädchen aus dem Packraum an einem Tisch. »Ich halte das da oben nicht mehr aus«, hatte sie ihnen erzählt, »mittags brauche ich andere Gesichter. Wenn ich an meinem Tisch sitzen bleibe, zähle ich weiter Aufträge. In Gedanken bin ich schon bei Nummer 4008.«

Die Mädchen hatten gelacht und sich geschmeichelt gefühlt, denn sonst war es nicht üblich, daß die Leute aus der Arbeitsvorbereitung mit denen aus dem Packraum zusammensaßen.

Silke setzte sich so hin, daß sie Armin sehen konnte, seine breiten Schultern, seinen Nacken, in dem sich die langen Haare kräuselten und der sogar im November noch einen goldenen Schimmer hatte. Als sie sah, wie er das Bier aus der Flasche trank und sich hinterher den Mund mit dem Hemdsärmel abwischte, gab es ihr einen Stich. Mochten die anderen mit vollem Munde reden und die Ellbogen aufstützen, Armin durfte es nicht. Armin war anders. Sie glaubte immer noch daran. Er kam den ganzen Tag nicht in die Arbeitsvorbereitung. Es war, als meide er die Begegnung. Aber abends im Gedränge an der Stempeluhr stießen sie doch zusammen. Sie wollten ihre Karten gleichzeitig in den Schlitz stecken, in dem man immer nur eine Karte zur selben Zeit stempeln konnte.

»Hallo, Honigkuchenpferd!« sagte Armin und zog seine Karte zurück.

Silke wollte schon wieder böse werden. Er sah ihren Blick und hielt ihr Handgelenk fest, um die Karte zu lesen. »Silke«, buchstabierte er leise. Hinter ihnen wurde geschimpft. »Wollt ihr bis morgen früh da stehenbleiben?«

Sie wurden auseinandergedrängt. Erst auf der Straße sah sie ihn wieder, wie er vor ihr herschlenderte, als warte er auf jemanden. Als sie auf gleicher Höhe mit ihm war, paßte er sich ihrem Schritt an und blieb an ihrer Seite. So einfach war das. Silke wunderte sich, warum sie nicht schon längst miteinander nach Hause gegangen waren.

»Hallo, Silke!« sagte er.

»Geht es deiner Hand wieder gut?« fragte sie.

Aber es wollte kein rechtes Gespräch in Gang kommen. Neben ihnen schob sich eine stinkende, brummende Masse Autos stadteinwärts, und auf der Gegenspur drängten sich die Autos der Leute, die vor der Stadt wohnten.
»Heute kein Freund?« fragte Armin nach einer Weile.
Silkes Herz klopfte. Er erinnerte sich! Sie schüttelte den Kopf. Sie hätte ihm gern gesagt, daß sie gar keinen Freund hatte. »Heute keine Freundin?« fragte sie statt dessen.
Armin lachte. »Schwestern, alles kleine Schwestern!«
Sie glaubte ihm nicht, aber sie war trotzdem froh, daß er neben ihr herging, daß das leidige Thema Sonnabend abgetan war und daß es noch so weit bis zur Eisenbahnstraße war. Am Neumarkt schielte sie zur anderen Seite. Der Gemüsestand war belagert wie zu ihren Zeiten. Der Vater hatte keine Zeit, nach ihr Ausschau zu halten. Und außerdem hatte er das ja noch nie getan.
Am Neumarkt fing Armin an zu trödeln. Jedes Schaufenster schien ihm ansehenswert, die Zeitschriften am Kiosk, die Haartrachten im Schaufenster des Frisiersalons, die Schuhe, Semmeln, Mettwürste und Unterwäsche – alles fand er interessant.
Erst als sie in die Papenstraße einbogen, wo es keine Geschäfte mehr gab, die ihn ablenken konnten, versuchte Silke ein Gespräch anzufangen. »Bist du schon lange in Deutschland?« fragte sie ihn.
Er hielt ihr fünf gespreizte Finger vors Gesicht.
Sie lachte. »Tage? Wochen? Monate...?« Er nickte. »Und dann sprichst du so wenig Deutsch?« Gleich darauf hätte sie es gern zurückgenommen, es anders gesagt, aber ihm schien es nichts auszumachen. Zum Gegenbeweis ratterte er seine Kenntisse herunter: »Mach zu! Steh nicht 'rum! Paß doch auf! Hast du Bohnen in den Ohren? Lahme Ente!«
Silke war verlegen, als hätte sie ihm das alles an den Kopf geworfen.

»Dann gefällt es dir nicht bei uns?«
»Bier ist gut!«
»Das meine ich nicht. Hier ist doch sicher alles anders als bei dir zu Hause.«
»Alles besser!« Es klang sonderbar bitter.
»Koselmann ist schuld, daß es dir nicht gefällt«, sagte Silke traurig.
»Gefällt, gefällt!« Den Ausdruck kannte Armin, das fragten die Leute immer, wenn sie nicht wußten, was sie mit ihm reden sollten. »Gefällt ist nicht wichtig. Man muß arbeiten. Geld verdienen. Viel Geld. – Und du?«
»Und ich?« Die Frage kam unerwartet. »Ich muß auch Geld verdienen!«
»Sicher, aber warum Koselmann? Warum die Arbeit?«
»Warum nicht Koselmann?« fragte Silke erstaunt. Vielleicht redeten sie aneinander vorbei? Es war schwer zu begreifen, was in seinem Kopf vor sich ging.
»Koselmann nicht gut! Du kannst Deutsch, deutsche Schule . . .«
»Bist du vielleicht nicht zur Schule gegangen?«
»Polnische Schule!«
Silke überlegte. Sie sah nicht den Zusammenhang zwischen der polnischen Schule und dem Zwang, bei Koselmann zu arbeiten. »Jetzt bist du hier«, sagte sie, »kein Mensch redet polnisch. Ich kenne jedenfalls niemanden. Alle sprechen deutsch mit dir. Übung macht den Meister, hat meine Englischlehrerin immer gesagt.«
»Niemand redet deutsch!« widersprach Armin heftig. »Immer nur arbeiten, schnell, schnell – und dann ist so laut! Man kann nicht reden.«
Er hatte ja recht. Sogar in der Eisenbahnstraße war es noch zu laut, um sich in Ruhe zu unterhalten. Autos röhrten vorbei, in der Ferne dröhnten rangierende Güterwaggons.
»Könntest du nicht wieder zur Schule gehen und richtig Deutsch lernen?« fragte Silke zaghaft.

»Zu alt! Dauert zu lange! Man verdient kein Geld. Ich muß viel kaufen – also arbeiten.«
»Was mußt du denn alles kaufen?« fragte Silke neckend.
»Du meinst Spaß«, sagte Armin, »ich meine ernst. Du hast schon Radio, Fernsehen, Plattenspieler . . .«
»Den hab' ich nicht!
». . . Kühlschrank, Waschmaschine, Auto«, fuhr er unbeirrt fort.
»Man braucht nicht unbedingt ein Auto. Und wenn man wissen will, was in der Welt los ist, kann man ja die Zeitung lesen.« Silke merkte, daß sie sich auf Glatteis begeben hatte. Solche Ausreden erfand die Großmutter auch.
»Ich hab' nix!« vollendete Armin seine Aufzählung mit Nachdruck. Silke dachte angestrengt nach. Es war schwer, sich dieses Nichts vorzustellen. Wo fing es an, beim Kühlschrank, beim Radio oder bei der Schokolade, die man für alle Fälle und Gelüste im Schrank hatte? »Ich möchte reisen«, fuhr Armin fort. Er beugte sich vor und sah ihr ins Gesicht. »Du viel verreisen? Spanien? Nein? Aber Griechenland? Italien? Jugoslawien?« Die Fragen prasselten nur so auf sie nieder. »Wo warst du denn?« fragte er schließlich, als sie immer wieder den Kopf schüttelte. »Vielleicht Norden?« fragte er hoffnungsvoll. »Irland, Schottland, Norwegen?«
Silke lächelte. Merkwürdig, dachte sie, die anderen glauben die komischsten Sachen von einem, die gar nicht wahr sind. Sie denken, daß man einen Freund oder Liebeskummer hat, wenn man besonders froh oder besonders traurig ist, oder sie denken, daß man weit gereist ist, wenn man gar nichts sagt. Eigentlich wissen sie alles von einem. Aber sie können sich nicht vorstellen, daß es wahr ist – so ein bißchen nichts, kein Freund, kein Liebeskummer, keine Reisen. –
»Wir fahren zusammen«, schlug Armin vor, »du und ich. Jetzt arbeiten und im Sommer reisen!«

Du und ich. Silke warf ihm einen schnellen Blick zu. Er sah aus, als glaube er, was er sage, und nicht wie jemand, der von Dingen träumte, die sich nicht in die Tat umsetzen ließen. Und warum auch nicht? Er und sie. Im nächsten Sommer. Es war gut, daß sie vor der Haustür angekommen waren. Sie lehnte sich gegen die Wand, weil ihr ein wenig schwach in den Knien war. Das war etwas anderes, als Wange an Wange mit Klaus zu tanzen. Fühlte es sich so an, wenn man richtig verliebt war? »Hier wohne ich«, sagte sie.

»Ich weiß!«

Silke war es ganz flau im Magen. Das Gefühl für Freude und Übelkeit mußte dicht beieinanderliegen. Die Vorstellung, er könne genauso von ihr geträumt, an sie gedacht haben wie sie an ihn, machte sie glücklich.

»Nächsten Sommer?« fragte Armin.

»Wer weiß, was im nächsten Sommer ist!« Warum sagte sie das? Warum sagte sie so oft das Gegenteil von dem, was sie eigentlich wünschte?

»Werden sehen«, sagte Armin und gab ihr die Hand, eine große, harte Hand. »Ich warte morgen früh hier.«

Silke nickte. Morgen früh --! Was kümmerte sie der nächste Sommer!

Silke hatte noch nie eine besondere Beziehung zu den Jahreszeiten gehabt. Im Frühling wurden die Tage länger und manchmal regnete es. Im Sommer gab es billige Kirschen, und vielleicht konnte man drei Tage lang ohne Strümpfe gehen. Im Herbst wurden die Bäume kahl und der Wind blies. Im Winter regnete es auch, seltener schneite es, und die Großmutter sang Adventslieder beim Abwasch.

Diesen Winter sah Silke mit anderen Augen. Sie fühlte die Kälte anders und sah den Himmel anders, und wenn sie auch die Menschen anders sah, mit denen sie umging, dann lag das eher an ihr als an den anderen.

Sie war nicht mehr allein. Wenn sie Armin morgens vom Fenster aus draußen auf und ab gehen sah, ließ sie ihren Kaffee stehen. Sie riß den Mantel vom Haken, kam vor Aufregung nicht mit den Schnürsenkeln zurecht und war zur Tür hinaus, ehe ihr jemand die angebissene Frühstückssemmel nachtragen konnte.

Sie hatte keine Langeweile mehr. Armin steckte voller Überraschungen. Er war jeden Tag anders. Er war hilflos wie eine junge Katze, wild wie ein kleiner Hund, der seine eigenen Kräfte noch nicht einschätzen kann, tapsig wie ein Bär und scheu wie eine Eidechse.

Sie waren nicht jeden Abend zusammen. Silke sehnte sich nach ihm, wenn sie nicht zusammen waren, aber sie war nicht mehr unglücklich und fühlte sich auch nicht mehr ausgeschlossen. Sie brauchte keine andere Gesellschaft mehr, wollte nirgends dazu gehören. Armin war ihr Mittelpunkt. Wenn sie allein war, erinnerte sie sich an andere Abende, ließ sie wie einen Film an sich vorbeilaufen. Der kühle Himmel an einem frühen Novemberabend, in dem die Bäume am Neumarkt wie Schattenrisse standen. Armins Augen in diesem Licht. Der Nebel spätabends, wenn sie aus dem Kino kamen. Manchmal legte er seinen Arm um ihre Schultern. Vor der Haustür angekommen, steckte er die Hände in die Taschen und sah sie nur an, und wenn er lachte, leuchteten seine Zähne im Dunkeln weißer, als sie in Wirklichkeit waren. Sie träumte davon, daß er sie küßte. Sein Kuß wäre wie ein Versprechen. Du und ich. Nicht nur im Sommer. Jetzt und immer.

Der Freitag war der schönste Tag in der Woche, nicht etwa der freie Sonnabend und noch viel weniger der Sonntag, wenn man den Montag schon wieder so bedrohlich nah vor sich hat. Kein Tag wurde so oft genannt wie der Freitag. »Heute ist Donnerstag, ein Glück, dann ist morgen Freitag . . .« »Wenn doch erst Freitag wäre . . .!« Der Freitag ist wie das Tor zur Freiheit. Nichts war so spannend wie die

letzte Stunde vor Feierabend. Jede Regung unten in der Halle, die die müde auslaufenden Nachmittagsbewegungen wieder in Schwung brachte, ließ Silke um ihren Freitagabend fürchten. Eine Wagenladung zu spät gelieferter Kabel konnte alles verderben, denn Armin war der einzige, der mit Begeisterung nach Feierabend Aufträge übernahm. Überstunden brachten Geld, und darauf war er ganz wild. Bei seinen Bedürfnissen war das verständlich. Es verging kein gemeinsamer Abend, ohne daß er einen Grund fand, warum er unbedingt in die Stadt mußte. Er brauchte immer etwas, eine Röhre fürs Radio, einen Schirm, Handschuhe – sie konnte doch nicht mit ansehen, wenn er fror? –, ein neues Hemd. Konnte sie es etwa zulassen, daß er sich ganz allein ein Hemd aussuchte? Das traute sie ihm doch wohl nicht zu? Na also. Dann fuhren sie mit der Bahn in die Stadt, manchmal gingen sie auch zu Fuß, weil sie Zeit hatten, Geld sparen wollten und weil es Armin Spaß machte.
Armin wurde nicht müde, Schaufenster anzusehen, Schräubchen aufzuheben, die am Straßenrand lagen, und Hunde zu streicheln. Mit knallenden Absätzen sprang er mitten in friedlich pickende Taubenscharen, die erschreckt aufflatterten. Da wurde mancher Tierfreund böse, andere schüttelten den Kopf und tippten sich an die Stirn.
Am wohlsten fühlte Armin sich im Gedränge. Wo Lautsprecher schrillten und röhrten, lebte er sichtlich auf. Es konnte geschehen, daß er mitten im Gewühl eines Kaufhauses voller Gefühl »Ihr Kinderlein kommet« mitsang und den Chor dabei übertönte. Er hörte für sein Leben gern Musik. Wenn er auf einem hochbeinigen Hocker vor der Musikbar saß, den Kopfhörer gegen das Ohr gepreßt, dann vergaß er die Umwelt. Er lächelte, wiegte sich, trommelte den Takt, drängte Silke den Hörer auf, wollte aber gleichzeitig auch mithören. Erst wenn der Verkäufer ungeduldig wurde und sich weigerte, die fünfte Platte aufzulegen, brach er das Wunschkonzert ab.

Ein anderes Mal ließ er sich Musikinstrumente vorführen. Er stellte sich dumm und versuchte, durch Zeichensprache zu erklären, was er wollte. Er machte es der Verkäuferin nicht leicht. Er klimperte auf einem unsichtbaren Klavier, breitete die Arme aus, wiegte sich, verdrehte die Augen – mit einem Male wußte Silke, was ihn so sehr von den anderen unterschied. Er trank Bier wie die andern, rauchte, lachte, sang – aber bei allem, was er tat, übertrieb er ein bißchen. Das machte auf ihn aufmerksam, nicht sein Akzent oder seine Kleidung. Er machte größere Schritte als gewöhnliche Leute, redete lauter, lachte lauter, als habe er noch kein Maß gefunden für die Umwelt, in der er jetzt lebte.

»Bitte, was wünschen Sie?« fragte die Verkäuferin nach seiner Extravorstellung und sah Silke so strafend an, als sei sie an seinem Verhalten schuld.

Armin sang ihr ein Seemanslied vor, und die Frau brachte ihm eine Ziehharmonika. Er spielte alle Verse und vielleicht noch einige dazu, dann gab er das Instrument zurück und deutete mit einer Bewegung an, daß er ein größeres haben wollte.

»Wollen Sie kaufen oder nicht?« fragte die Verkäuferin resolut.

»Weihnachten«, sagte er, »Weihnachten werde ich kaufen – aber nicht hier!«

Hinterher machte Silke ihm Vorhaltungen. »Du führst dich unmöglich auf«, sagte sie, »die Frau ist doch nicht zu ihrem Vergnügen Verkäuferin! Du hättest ruhig ein bißchen netter sein können.«

»War sie nett?« fragte Armin zurück. »Wer ist freundlich zu uns?«

»Sie hat jedenfalls nicht versucht, dich zu etwas zu überreden, was du gar nicht willst. Aber du hast ihr vorgespielt, du wolltest etwas kaufen. Was willst du mit einem Akkordeon?«

»Nicht Auto fahren jedenfalls.« Manchmal gab er scharfe Antworten, die paßten gar nicht zu ihm, sie paßten nicht zu Silkes Träumen von dem sanften jungen Mann, der jeden Pfennig für die Familie spart. Er träumte vom Auto und von der Stereoanlage wie ihre Kollegen – allerdings auf polnisch. Mit der Zeit wurde ihr bang bei dem Gedanken, was er bis Weinachten alles besitzen wollte. Mit dem Auto war es ihm noch nicht ernst. Er suchte noch das einzig richtige Fabrikat, aber er redete ständig davon, während er sich noch mit einem Fahrrad begnügte, das er sich selbst aus alten Teilen zusammenbaute. Das eine oder andere Teil fehlte ihm noch, und für jedes Stück mußte er wieder in die Stadt. Es sollte ein ganz besonderes Fahrrad werden mit Hupe und Rückspiegel, Dreigangschaltung, Fähnchen und roten Speichen. Silke war neugierig auf das Vehikel, aber seine Vollendung zog sich hin.
»Wenn es noch lange dauert«, sagt sie, »kommt der erste Frost, und dann brauchst du auch noch Spikes!«
Armin lachte schallend. Er lachte über alles, was sie sagte, und manchmal fragte sie sich, ob er sie überhaupt verstanden hatte. Sie gab sich wirklich Mühe, ihm Deutsch beizubringen, sie verbesserte, vollendete halbe Sätze – blieb geduldig, aber sie hatte keinen Erfolg. Es war nicht immer leicht mit ihm. Langen Reden konnte er nicht folgen. Silke gewöhnte sich an, kurze Sätze zu bilden, über irgendwelche Probleme sprachen sie gar nicht erst. Er hatte schon Schwierigkeiten, wenn er ihr die Regeln des Tischfußballspiels erklären wollte. Immer mußte er Ausdrücke suchen, sie ordnen, und wenn er sie endlich aussprach, war es ein Buchstabensalat von l's und r's und langgezogenen ä's, die jeder Situation den Ernst nahmen. Wenn ihm wieder einmal ein Ausdruck fehlte, schlug er sich lachend vor den Kopf, sagte »Holzkopf« und redete lieber von etwas anderem. Silke versuchte, ihn zu einem wechselseitigen Sprachkursus zu überreden. Ein polnisches Wort kannte sie

schon. Sie hatte es einmal am Ende eines Films gelesen und sich aus irgendeinem Grunde eingeprägt: Koniecz. Armin hatte ihr Angebot nicht angenommen. »Nix koniecz«, hatte er gesagt, »wir fangen erst an!«
An jenem Abend hatte er sie zum ersten Male geküßt. Der Mond ging gerade hinter den Dächern auf. Noch hing er an einer Fernsehantenne wie eine Seifenblase am Strohhalm, die gleich zerplatzen will. Silke hatte Armin darauf aufmerksam gemacht, aber er wußte nicht, was eine Seifenblase ist. »Macht nichts«, hatte Silke gesagt, »wir haben ja noch so viel Zeit!« Sie war glücklich gewesen.

Die Abende wurden kälter, feuchter. Es war kein Vergnügen, draußen herumzulaufen. Sie kannten jede Biegung der Schrebergartenpfade, jede Dornranke, die über einen Zaun ragte und an der man im Dunkeln mit den Haaren hängenbleiben konnte, jede Unebenheit im Pflaster der Straßen um den Güterbahnhof. Anfang November waren sie häufig im Schloßpark gewesen. Armin hatte noch nie etwas von dem Schloß gehört. Eigentlich machte er sich auch nichts aus Schlössern. Deswegen war er auch nicht enttäuscht, daß die Fenster vernagelt waren. Er wollte »Wald«. Aber der Park, der sich auf den ersten Blick wie verfilzter Wald ausnahm, war beim näheren Hinsehen eine lichte Ansammlung von Bäumen, gestutzt und gepflegt und von geraden Wegen getrennt, die bald an einer häßlichen Mauer endeten. Wohin man blickte, überall schimmerte farbloser Himmel durch die kahlen Bäume, und allein waren sie auch nicht.
Frierend wanderten sie umher, und manchmal setzten sie sich auf eine der wenigen Bänke, die noch da waren. Weil Silke gar zu sehr zitterte, öffnete Armin seine Anorakjacke, in der Silke auch noch Platz hatte.
»So schön hatten wir es noch nie!« flüsterte Armin. Er küßte sie und drückte ihren Kopf fest gegen seine Pullover-

brust. Der Pullover war aus harter Wolle und kratzte. Für eine Weile konnte man den Gestank und Lärm, Beton und Neonlicht außerhalb der Mauern vergessen. Aber lange durften sie so nicht sitzen. Es war zu kalt, und um sechs wurde der Park geschlossen.
In der Nähe knirschte Kies. »Aber Kinder«, sagte eine tiefe Stimme, »hier könnt ihr doch nicht schlafen!« Schlüssel klirrten, schwerfällig stieg der Parkwächter von seinem Rad. »Ihr holt euch ja den Tod bei der Kälte! Ich schließ' jetzt ab!«
Silke verbarg den Kopf unter Armins Jacke, als sei es eine Tarnkappe. Sie warteten, bis sich der Parkwächter entfernt hatte, dann suchten sie den Ausgang, schweigend. Alle Wärme war auf der Parkbank geblieben. Der Lärm der Stadt schwoll ihnen entgegen, die von Autos und Menschen wimmelte. Sie waren ihr gnadenlos ausgeliefert. Vielleicht lag es am Winter, daß sie nicht immer glücklich waren. Der Winter ist keine Jahreszeit für Verliebte.
Wohin sollten sie gehen, wenn sie sich nicht in Kaufhäusern herumtrieben? Jeder warme Platz kostete Geld, auch der Stuhl in der Kneipe, und außerdem mochte Silke den Biergeruch nicht. In den Spielhallen stand sie nur herum, während Armin mit irgend jemandem Tischfußball spielte. Abends standen sie lange vor der Haustür und mochten sich nicht trennen. Wenn sie wenigstens den Schlüssel zum Laden gehabt hätte. Dort war es immer noch wärmer als hier draußen. Immer wieder bat Armin sie, den Schlüssel zu beschaffen. »Ist sicher gemütlich da drinnen mit Käse und Schokolade!«
»Ja, sehr gemütlich, und bei dem geringsten Geräusch erscheint mein Vater mit der Schreckschußpistole!« sagte Silke.
Sie blieben draußen. Der Hausflur mit seinen Geräuschen und Gerüchen aus fremden Wohnungen bot auch keine Geborgenheit. Manchmal waren sie nicht glücklich.

Alles war anders geworden. Damit mußte sich auch die Familie Kapsreiter abfinden. Silke hielt sich an keine Uhrzeit mehr. Die Großmutter hatte nur noch am Wochenende Gelegenheit, sie zur Rede zu stellen. Während der übrigen Tage mußte sie ihre Sorgen bei den anderen abladen. Was sollte nur aus dem Mädchen werden, wenn niemand die Zügel ein wenig straffer zog? Immer mit dem Kopf durch die Wand, erst Koselmann, jetzt diese Herumtreiberei, wo sollte das nur enden? Und wenn auch noch ein Bengel dahintersteckte – nicht auszudenken! Von ihr aufgewiegelt, fragte der Vater manchmal, wo sie denn wieder gewesen sei. »Im Kino«, antwortete Silke jedesmal, und das war nicht einmal gelogen.

Gisela war mißtrauisch. »Erzähl keine Märchen«, sagte sie beim fünften Male. »Man kann doch nicht jeden Abend ins Kino rennen!«

»Das verstehst du eben nicht«, erwiderte Silke, »wenn mein Freund auch so ein schönes Zimmer wie dein Herr Wegener hätte, brauchten wir nicht jeden Abend im Kino zu hocken.«

»Erstens ist sein Zimmer nicht schön, und zweitens ist das etwas ganz anderes. Wir werden uns verloben. Wir sind erwachsen.«

Silke lachte trocken. »Wenn Erwachsensein nach Jahren zählt, dann ist mein Freund ein ganzes Jahr erwachsener als du!«

»Bring ihn doch mal mit. Wir könnten uns einen gemütlichen Abend machen.«

»Mit Speck fängt man Mäuse! Nur damit ihr hinterher über ihn herziehen könnt!« Hatte sie sich nicht auch über den »Gartenzwerg« lustig gemacht? Aber da wußte sie ja noch nicht, daß Gisela sich eines Tages in ihn verlieben würde. Komisch, daß sie noch nie auf die Idee gekommen war, Armin mit nach Hause zu bringen. Was sollten sie tun, der Großmutter beim Strümpfestopfen zusehen, mit

Dagmar Halma spielen? Nein, Armin wollte sie für sich behalten. Niemand sollte Gelegenheit bekommen, sich über ihn lustig zu machen.
»Du bist und bleibst eine Giftspritze«, stellte Gisela traurig fest. »Und ich habe geglaubt, das würde sich ändern, wenn du erst einmal verliebt bist!«
»Du bist auch nicht gerade die Sanftmut selbst«, schimpfte Silke zurück, »obwohl du verliebt bist!«
»Alle Probleme lösen sich eben nicht mit der Liebe, und manche kommen hinzu. Aber du, du merkst ja gar nicht, ob jemand glücklich oder unglücklich ist. Du bist nur mit dir selbst beschäftigt!« Sie ging hinaus und schlug die Tür hart hinter sich zu.
Silke warf sich aufs Bett und drehte den Kopf zur Wand, um diese feindselige, geschlossene Tür nicht zu sehen, als sei allein die Tür daran schuld, daß sie sich den anderen nicht verständlich machen konnte. Einmal richtig sagen, wie ihr zumute war! Ihre Zweifel, ihre Langeweile – warum schämte sie sich eigentlich? Glaubte sie allen Ernstes, daß Gisela sich triumphierend auf die Schenkel schlagen würde, wenn sie ihr erzählte, wie stumpfsinnig die Arbeit bei Koselmann war? Würde Gisela ihr hohnlachend unter die Nase halten, daß sie sich bald verloben werde, wenn Silke ihr gestand, daß sie manchmal Zweifel an Armin hatte? Wenn du erst einmal verliebt bist . . . das hatte ihr einen Stich gegeben. Von Verliebtsein war keine Rede. Manchmal fragte sie sich, ob das Wort nicht nur in Romanen und Schlagern vorkomme. Vielleicht wäre es ihr peinlich, wenn Armin es laut gesagt hätte: »Ich liebe dich.« Liebte sie Armin? Warum war sie manchmal so ungeduldig, ärgerte sich über seine Schuhe, an denen Lehm klebte, über seine Art, aus der Flasche zu trinken – und überhaupt, Bier! Seine Sucht, mit vielen Menschen zusammen zu sein. Er schien nie das Bedürfnis zu haben, mit ihr allein zu sein, über Dinge zu reden, über die sie noch nie gesprochen hatten, über die

Vergangenheit, die Zukunft – und wenn sie nur über den nächsten Sommer redeten. Er lebte jetzt, und das genoß er. Armin liebte Kino über alles. Das Kino wurde ihre Heimat. Dort war es warm und dunkel. Man saß dicht nebeneinander und konnte die Hände ineinanderlegen. Aber das war nicht das Wichtigste. Nichts ging ihm über einen richtigen Western, in dem wild geballert wurde und das Blut floß, möglichst in Farbe, damit man auch sah, daß es Blut war. Auf dem Höhepunkt der Schießerei saß er angespannt da, leicht vorgebeugt und aß unglaubliche Mengen Schokoladentaler. Wenn alle Geheimnisse gelöst, alle Ehren wiederhergestellt waren, atmete er auf und sagte: »War toll, der Film!« Dann hatte Silke keinen Mut mehr, ihm zu sagen, wie sehr sie diese Filme langweilten.
»Du mit deinem Kino!« fauchte sie ihn eines Tages mitten auf der Lindenallee an. »Immer nur Kino, peng-peng! Ich möchte selbst mal was erleben.« Aber als sie sein trauriges Gesicht sah – sogar mit der Traurigkeit übertrieb er es, große Augen, Dackelfalten auf der Stirn, fehlte nur noch, daß er die Ohren hängen ließ –, tat es ihr wieder leid, daß sie ihn so angefahren hatte. »Ich geh' gern mal ins Kino, aber doch nicht jeden Tag!«
»Jeden Freitag«, schlug Armin vor, weil gerade Freitag war.
»Mach keine Witze! Laß uns endlich mal ernst miteinander reden!« schrie Silke gegen das wütende Hupen eines Autofahrers an, der seinen Vordermann darauf aufmerksam machten wollte, daß die Ampel längst auf Grün umgeschaltet hatte.
»Mach Ernst!« Armin sah sie erwartungsvoll an.
Silke wurde schon wieder ärgerlich. »Mit dir kann man eben nicht reden. Du findest alles furchtbar witzig.«
»Nix witzig! Ich weiß anderen Film, ganz ohne peng-peng, sehr, sehr traurig. Willst du so was?« Er nahm ihren Arm und wollte sie mit sich ziehen.

Silke stemmte sich dagegen wie ein bockiger Hund. »Ich gehe nicht ins Kino!« erklärte sie fest.
»Einkaufen!« schlug Armin unerschütterlich vor.
Silke stöhnte auf. Längst waren alle Weihnachtseinkäufe erledigt, bis zur Unkenntlichkeit verpackt warteten die Pakete im hintersten Winkel ihrer Kleiderablage, wo Dagmar sie auf jeden Fall aufspüren, sie aber wegen ihrer undefinierbaren Form nicht erraten würde. Was sollte sie denn noch alles kaufen? Für die nächsten Jahre war sie gut ausgerüstet mit Strümpfen und Handschuhen, Kopftüchern und Gürteln, auch Schallplatten hatte sie schon, aber für den Plattenspieler war ihr dann doch das Geld ausgegangen. Ihre Abende kosteten. Sie konnte es nicht zulassen, daß Armin ihre Bratwurst, Kinobesuche und Limonade bezahlte. Heute hatte sie weder Hunger noch Durst, nur dieses bekannte Loch im Magen, Sehnsucht nach etwas, sie wußte nicht wonach. Nie hätte sie geglaubt, daß es wiederkommen könnte, wenn sie einen Freund hatte.
»Ich bin gern mit dir zusammen«, sagte sie und suchte nach Worten, »aber ich möchte auch einmal mit dir allein sein, verstehst du? Ich will nicht immer auf Bahnen warten müssen und frieren, ich will nicht immer denken, die Kellnerin guckt schon so, eigentlich müßten wir wieder was bestellen. Ich will nicht immer gegen Autolärm und andere Leute anbrüllen, wenn ich mit dir rede.«
Armin sah sie traurig an, und mit seiner Traurigkeit zeigte er ihr die ganze Hoffnungslosigkeit. Jeder Versuch, etwas zu erklären, ihm näherzukommen, verwirrte ihn nur und schaffte noch größere Abstände zwischen ihnen. Jeder auf seiner eigenen Eisscholle, dachte Silke und faßte seine Hand. Er trug wollene Fingerhandschuhe, die selbstgestrickt aussahen. Sie gaben nicht viel Wärme ab. »Eigentlich weiß ich gar nichts von dir«, versuchte sie es noch einmal, »weißt du, was ich mir wünsche? Ich möchte einen Ort, an dem es warm ist und still, an dem wir es gut haben

– so ähnlich wie ein ...« Sie brach ab. So ähnlich wie ein Zuhause. Armin würde es sicher nicht verstehen. Das Zuhause, das sie meinte, gab es nirgends.
Armin drückte ihre Hand. »Ich verstehe! Komm mit, ich zeige dir ...!« Es klang feierlich, und auch Silke war es ganz feierlich zumute, während sie folgsam neben ihm herlief. Etwas Besonderes, Armin hatte eine Idee – vielleicht würde er sie zu seiner Familie bringen? Sie hatte sich schon lange gewünscht, sein Zuhause kennenzulernen, aber sie hatte sich nicht getraut, ihn darum zu bitten. Armin hatte es eilig. »Ist eine Überraschung«, sagte er, als sie die Schrebergärten erreichten. »Mach Augen zu!«
Wozu sollte das nötig sein? Sie wußte doch, wo er wohnte! Außerdem hüllte sie die Dunkelheit von Kopf bis Fuß ein, so daß sie doch nicht sehen konnte, wohin sie ihre Füße setzte. Armin wich vom Weg ab. Sie stolperten über unebenes Gelände. Schließlich kamen sie an einen Graben, der die Gärten gegen die Wiesen abgrenzte. Links lag die Siedlung. Vielleicht war das eine Abkürzung? Silke blinzelte in die Lichter. Aber Armin wandte sich nach rechts. Wenn man sich um den Zaunpfahl herumschwang, war man auf der ersten Parzelle. Niemand hatte Zäune entlang der Gräben errichtet. Armin zog sie quer über Erdbeerbeete und durch Urwälder von nicht abgeernteten Grünkohlstauden. »Warte hier!« befahl er und war plötzlich verschwunden. Silke war allein mit der Dunkelheit. Eine schöne Überraschung! Ob er sein fertiges Fahrrad wirklich so aufregend fand, daß er so ein Theater darum machte? Vielleicht hat er sich eine Trompete gekauft, dachte sie, und nur hier draußen wagt er zu blasen. Zuzutrauen wäre es ihm. Sie mußte lächeln.
Vor ihr flammte ein Licht auf. Es flackerte hinter gardinenlosen Scheiben und beleuchtete Armins baumlangen Schatten, der sich hastig hin und her bewegte.
Silke ging langsam darauf zu. Die Tür ließ sich nur einen

Spalt breit öffnen. Man mußte sich seitwärts ins Innere der Gartenlaube schieben. Zerschlissene Kokosmatten, zerkratzte Tisch- und Stuhlbeine, die geschwungenen Fußtatzen eines alten Kanapees. In einer Untertasse auf dem Tisch klebte ein Kerzenstummel. Die Flamme tanzte unruhig in der Zugluft. Armin schloß die Tür und lehnte sich mit dem Rücken dagegen. Erwartungsvoll sah er Silke an. Sie versuchte, Einzelheiten im Dämmerlicht der Kerze zu erkennen. Die klobigen Möbel warfen große Schatten. Die Wände waren über und über mit Postern bedeckt, auf denen man bei näherem Hinsehen Autos erkannte, Autos, Autos. Über dem Kanapee hing ein Sonneruntergang, gegen den sich die Silhouette eines nackten Mädchens abzeichnete. Durch das Viereck des Fensters starrte die Dunkelheit herein.
Armin war ihrem Blick gefolgt. Er nahm eine Wolldecke vom Kanapee und verhängte das Fenster. Die leeren Messingringe an der Gardinenstange klapperten hohl in der Stille.
»Was machst du da? Willst du Kasperltheater spielen?« Silkes Stimme klang belegt.
»Setzen!« Er meinte es wohl nicht so barsch, wie es klang. Weil sie nicht gleich reagierte, packte er sie bei den Schultern und drängte sie rückwärts bis zum Kanapee.
Silke setzte sich mit steifen Knien. An einer Stelle war der Bezug geplatzt. Die Füllung quoll hervor und piekste sie am Bein. Silke tastete ihren Strumpf ab, um festzustellen, ob es eine Laufmasche geben würde. Armin sah ihr wohlgefällig zu.
»Schöne Beine!« stellte er unvermittelt fest.
Das hatte ihr noch niemand gesagt. In einer anderen Situation hätte sie sich vielleicht gefreut. Aber jetzt war sie nur verlegen und ärgerte sich, daß sie keine langen Hosen angezogen hatte. Nervös zupfte sie an ihrem Rock, der durch Ziehen auch nicht länger wurde.

Er deutete ihre Bewegung falsch. »Ist kalt hier, nicht?«
»Ja«, sagte Silke erleichtert, »am besten wir gehen wieder! Wir holen uns ja eine Erkältung!« Sie wollte aufstehen, aber Armin drückte sie energisch zurück. Er ging an den Schrank und kam mit einer Flasche zurück. »Rum macht warm!« sagte er und hielt sie ihr hin.
»Rum stinkt!«
»Stinkt wunderbar!« Er nahm einen großen Schluck. Die Flasche immer noch in der Hand, ließ er sich neben sie fallen, daß es in den Sprungfedern knackte.
Silke rückte ein Stück von ihm ab. »Du scheinst dich hier ganz zu Hause zu fühlen! Ist das euer Gartenhaus?« fragte sie betont forsch.
»Überraschung für dich!« behauptete Armin. Er lehnte sich behaglich zurück und nahm noch einen Schluck aus der Flasche. »Was sagst du? Ist noch nicht ganz fertig. Sollte Weihnachtsgeschenk sein. Aber du warst so traurig ...«
»Du kannst mir doch keine fremde Gartenlaube schenken!« sagte Silke. »Die gehört dir doch nicht?«
»Niemand kommt«, sagte Armin ausweichend, »nur so Verrückte nebenan. Feiern laut – weißt du noch?«
Silke versuchte, sich an Wagners Gartennachbarn zu erinnern. Aber sie war schon so lange nicht mehr bei Heidi gewesen, das Grundstück mochte längst seinen Pächter gewechselt haben. Sie fühlte sich unbehaglich, obwohl es ganz gemütlich war mit der Kerze und dem weichen Kanapee. Am Ende lag ein zerdrücktes Kopfkissen ohne Bezug, so, als habe kürzlich jemand hier geschlafen.
Armin wollte sie in den Arm nehmen. Aber Silke wehrte sich. »Du stinkst nach Rum! Mußt du das Zeug trinken?«
Armin ließ sie los und knurrte leise. »Bist doch nicht meine Mutter! Hör auf zu trinken, warum trinkst du so viel, wo warst du heute abend, kannst du nicht früher nach Hause kommen?« ahmte er seine Mutter nach. Wieviel Deutsch er konnte – wenn er nur wollte!

»Was sagt sie noch?« fragte Silke.
»Gib nicht so viel Geld aus! Treib dich nicht mit Mädchen herum!« Er brach in Lachen aus und zog sie an sich, ein wenig zu heftig, so daß ihr Kopf unsanft gegen seine Brust fiel. Er wollte sie küssen.
Silke drehte den Kopf weg.
»Wir sind allein, alles ist schön, und du bist immer noch böse!« sagte Armin vorwurfsvoll.
»Ich bin nicht böse«, sagte sie und war böse.
»Warum bist du böse?« Er legte seine Stirn gegen ihre Stirn und sah ihr tief in die Augen. Er wollte sie zum Lachen bringen. Dann seufzte er. »Ist alles so furchtbar schwer zu verstehen! Kino nix gut, einkaufen nix gut, allein sein nix gut. Was willst du?«
Silke wich seinem fragenden Blick aus. Er hatte ja recht. Es war nicht leicht mit ihr. Sie hatten es nicht leicht miteinander. Sie hatten sich gern und konnten doch nicht über ihre einfachsten Gedanken sprechen. Zu den Sprachschwierigkeiten kam noch die Scheu, zu viel von sich preiszugeben, die Angst vor den eigenen unbestimmten Wünschen, die sie noch nie ausgesprochen, vielleicht noch nie zu Ende gedacht hatte. Als er sie wieder auf seine Knie zog, wehrte sie sich nicht. Er hielt sie, wie ein Großvater seinen Enkel hält, um ihm ein Märchen zu erzählen. Silke kuschelte sich an ihn. Wenn man die Augen schloß, konnte man die fragwürdige Umgebung vergessen. Seine Hände strichen über ihr Haar, den Nacken, den Rücken entlang. Silke scheuchte die Hand fort. »Erzähl mir etwas von früher!«
»Früher ist vorbei. Jetzt ist jetzt.«
Er küßte sie wieder, küßte alle Worte weg, alle Gedanken. So hatte er sie noch nie geküßt. Seine Küsse war wie ein Spaß im Vorbeigehen gewesen. Aus dem Spaß war Ernst geworden. Mit der freien Hand streichelte er ihre Beine. »Schöne Beine«, murmelte er, »meine Beine! Alles mein!«

Er lachte verlegen, ließ sie aber nicht los.
»Von wegen – alles dein! Du machst es dir leicht!« Es sollte scherzhaft klingen. »Laß mich los, hörst du! Du sollst mich loslassen!« Sie strampelte mit den Beinen, strampelte sich wach, nur nicht noch einmal versinken in diesem Loch Dunkelheit und Wärme. Liebe? Wenn sie so sicher wäre! Armin lachte und hielt sie fest. Er war stark, er konnte alles mit ihr machen, was er wollte. Er war stolz, ihr seine Überlegenheit zu beweisen, und je fester er sie hielt, um so wütender wurde sie. »Was bin ich eigentlich für dich? Blond, das ist alles. Dein Mädchen? Daß ich nicht lache. Was weißt du überhaupt von mir? Was ich denke, ist dir doch egal! Noch nie hast du nach meiner Familie gefragt. Trinken und ins Kino rennen, das ist wohl alles, was dich interessiert! Und Autos!« fügte sie mit einem zornigen Seitenblick auf die Poster hinzu.
»Und Sonnenuntergang und nacktes Mädchen«, ergänzte Armin neckend.
»Für dich ist alles ein Spaß!« fauchte Silke. »Du machst dir wohl nie Gedanken über deine Zukunft! Du machst dir überhaupt keine Gedanken!«
Armin runzelte die Stirn. Er ließ sie los und lehnte sich zurück, so daß sie plötzlich schwankend ohne Halt dasaß. »Ich verstehe nicht.«
»Du verstehst nicht! Immer, wenn es dir in den Kram paßt, verstehst du nicht! Hast du dir eigentlich schon mal überlegt, was aus dir werden soll?«
Er schubste sie von seinen Knien und sprang auf.
»Soll werden, soll werden! Nichts ist und wird auch nichts!«
Er stand vor ihr und fuchtelte aufgebracht mit den Armen. »Du bist genau wie die anderen hier! Man muß was sein, sonst nicht gut!«
Silke erschrak vor seiner Wut. »Das ist nicht wahr, das ist mir ganz egal«, sagte sie einlenkend, »aber du darfst nicht länger bei Koselmann die Werkstatt fegen. Je länger du so

was machst, um so schwerer wird es, einmal etwas anderes zu tun. Du mußt etwas Richtiges lernen!«

»Ich muß Geld verdienen«, verbesserte Armin. »Kann man auch ohne Lernen!«

»Für dich reicht das Geld vielleicht. Aber wenn du einmal eine Familie hast . . .?«

Armin grub in seiner Hosentasche und zog einen halbzerrissenen Lohnstreifen hervor. Er breitete ihn auf Silkes Knien aus und patschte mit der Hand darauf. »Ist das genug zum Heiraten?«

Silke konnte im Kerzenlicht gar nichts erkennen, außerdem war es ihr egal, was Armin verdiente. »Ich will dich doch nicht heiraten!«

»Versteh ich, versteh ich!« Armins Stimme überschlug sich. »Wer Werkstatt fegt, heiratet man nicht. Habe ich immer Hof gefegt, nicht mit Maschine wie hier. Wasser kam aus Pumpe. Stell dir vor. Warum soll das nicht gut sein hier? War früher auch gut!«

»Früher! Jetzt bist du hier«, sagte Silke. Sie merkte, daß sie sich unaufhaltsam voneinander entfernten. Jedes Wort vergrößerte den Abstand. »Du bist doch nicht hergekommen, damit alles haarklein so weitergeht wie drüben. Wir leben in einer großen Stadt! Hier ist alles anders.«

»Reden! Reden!« Armin sah sie feindselig an. »Du verstehst nix! Will ich vergessen, daß alles anders ist, und was tust du? Ich mach' alles schön hier, und du kommst und sagst, alles ist schlecht. Reden ist leicht! Anders machen ist nicht leicht.«

»Darüber will ich ja mit dir reden!« sagte Silke verzweifelt.

Er hörte gar nicht hin. »Ich weiß nichts von dir, sagst du. Wie soll ich wissen? Vor Haustür ist Schluß. Ich verstehe, Polack ist gut für Spazierengehen, aber nicht gut für Familie!«

»Armin –!« rief Silke aus.

Er winkte ab. »Gut, gut, will ich auch gar nichts wissen.

Mit Silke zusammen will ich glücklich sein und alles vergessen, was nicht gut. Silke ist gut, dachte ich. Silke fragt nicht, ist ihr egal, ob Polack oder was. Aber dir ist nicht egal. Ich soll werden wie alle anderen. Ich will nicht! Ich bin ich. Kannst du nicht begreifen? Sonst ist keine Liebe.«
Er mußte Luft holen. So viel hatte er noch nie hintereinander gesagt.

»Das ist alles schrecklich«, sagte Silke, »lauter Mißverständnisse. Das kommt davon, wenn man nicht miteinander reden kann. Was willst du mit meiner Familie? Wenn ich dich meiner Oma vorstelle, denkt sie gleich, wir seien ein Brautpaar. Das wäre dir sicher auch nicht recht.« Dabei sah sie ihn nicht an, weil sie ein schlechtes Gewissen hatte. War das der Grund? Wollte sie ihn nicht dahin bringen, daß er sich gar nicht mehr von den anderen abhob, genau das, was er nicht wollte? »Und Liebe«, fuhr sie fort, weil er keine Antwort gab, »weißt du, was Liebe ist? Ich bin nicht so sicher. Ich habe dich gern, das weiß ich. Und trotzdem bin ich nicht glücklich. Ich habe eine Freundin, die ist auch verliebt, und die ist unheimlich glücklich. Mit uns stimmt was nicht, Armin, ich weiß nicht was . . .«

Er kam zu ihr und nahm sie wieder in den Arm, steckte seine Nase in ihre Halsbeuge. »Versteh nix«, murmelte er, »ist ja auch egal! Nicht reden! Wir wollen gut sein.« Er küßte sie hinterm Ohr.

Silke zog den Kopf weg, um sich nicht noch einmal von dieser gefährlichen Stimmung fangen zu lassen. »Wir sind noch nicht fertig«, sagte sie, »einmal müssen wir doch ein Thema zu Ende bringen!«

Er richtete sich auf. »Jetzt weiß ich, du hast Angst!« sagte er nüchtern. »Vom Küssen kriegt man keine Kinder!« Wie bei mancher Redensart, die er benutzte, klang es, als hätte er sie schon bei anderer Gelegenheit geübt.

Silke war enttäuscht und traurig und wütend. »Du hörst mir ja nie zu!« fauchte sie. »Du denkst nur an dein eigenes

Vergnügen! Deswegen hast du mich hergelockt! Jetzt verstehe ich alles!« Sie sprang auf und rannte in ihrer blinden Wut gegen einen Stuhl, der polternd umfiel. Sie riß die Tür auf. In der Zugluft verlosch die Kerze.

Draußen war es vergleichsweise hell. In der Ferne glitzerten Tannenbäume auf den Dächern der Kaufhäuser wie vom Himmel herabgestiegene Sterne.

Silke atmete tief. Ihr war es, als käme sie aus einem muffigen Kino. Sie hatte einen bedrückenden Film gesehen, und nun ging sie nach Hause, zurück in die Wirklichkeit, aber sie ging ein wenig zu früh, weil sie es nicht ertrug, das Ende des Filmes anzusehen.

»Ist klar«, sagte Armin aus dem Dunkel des Raumes, »wir verstehen uns nicht. Ich will Vergnügen, du willst reden. Aber reden macht alles kaputt.«

»Wenn man ohne reden auskommen könnte, müßten Stumme glückliche Menschen sein«, sagte Silke, bereit, die Diskussion fortzusetzen, zu reden, um nicht handeln zu müssen. Er stand auf, kam an die Tür. Wollte er sie aufhalten, sie zurückholen? Erwartungsvoll sah sie ihn an. Die fernen Lichter blitzten in seinen Augen. Mit viel Phantasie könnte sie sich Tränen in seinen Augen vorstellen. Aber er würde nicht weinen, wenn sie jetzt ginge. Warum wollte sie eigentlich gehen? Hatte sie wirklich nur mit ihm reden wollen? War das nicht ein Vorwand gewesen, mit ihm zusammen zu sein? Wollte sie nicht dasselbe wie er, Zärtlichkeit und die Umwelt vergessen?

»Ich gehe jetzt«, sagte sie tonlos. Wenn er sie jetzt gehen ließe, war alles vorbei.

Er zog sich einen Schritt ins Innere zurück, damit sie ungehindert hinausgehen konnte. Sein Gesicht war nur noch ein verschwommener, heller Fleck im Dunkel. Wie gern sie ihn hatte! Aber ihr Stolz erlaubte es nicht, daß sie blieb und um ein gutes Wort bettelte. Er schickte sie fort – so war es doch, das war böse, das war erniedrigend. Nur, weil sie nicht dasselbe wollte wie er, weil er glaubte, sie wolle es nicht. Noch war es wie ein bedrückender Traum – morgen würde es Tatsache sein. Wie sehr sie sich vor diesem Morgen fürchtete! Silke setzte sich langsam in Bewegung, Fuß vor Fuß, nicht so, als wolle sie wirklich gehen. Es war wie ein Spiel, sie schritt ein Feld ab, ihr Spielfeld. Immer noch hoffte sie, er werde sie zurückholen. Begriff er nicht die Endgültigkeit? Hinter ihr blieb es still. Sie hatte vergessen, daß sie in einem fremden Garten war. Plötzlich stand sie vor einer verschlossenen Pforte. Der Zaun war hoch und mit Stacheldraht gesäumt. Sie mußte zurück zum Graben, noch einmal an ihm vorbei, und er sagte immer noch nichts, stand bloß da und war womöglich stolz auf seine Sturheit. Die aufsteigenden Tränen machten sie blind. Sie sprang zu kurz, die Grasbüschel gaben nach, sie glitt ab. Leise knisterte die dünne Eisdecke auf dem Graben, und glucksend lief ihr das Wasser in die Schuhe.

## VI

Silke hatte keine Ahnung, wie spät es war. Sie wollte noch nicht nach Hause – sie wollte nie mehr nach Hause, sie wollte nur gehen und gehen, Straße für Straße, bis sie in eine Gegend kam, in der sie sich nicht auskannte. Dort würde man sie am nächsten Morgen finden wie das kleine Mädchen mit den Schwefelhölzern ... Nein, die Vorstellung war übertrieben, so viel Tragik war Armin nicht wert, an zerbrochener Liebe starb man nicht sofort. Aber nasse, kalte Füße waren gefährlich. Es war doch das beste, wenn sie so schnell wie möglich nach Hause ging.
Schon von weitem hörte sie den Lärm in der Eisenbahnstraße. Das war die Stunde der Kinder. So spät konnte es also noch nicht sein. Im Dunkeln tobte es sich am besten.

Ihr Lachen und Schreien machte Silke deutlich, wie allein sie war. War es so, wenn man erwachsen wurde? Sie war meilenweit und nicht nur eine Straßenbreite von diesen Knirpsen entfernt und konnte sich schon gar nicht mehr vorstellen, daß sie auch einmal so laut und sorglos gewesen war.

Vor Kapsreiters Laden standen einige Frauen beisammen. Wie ein Scherenschnitt hoben sie sich gegen das erleuchtete Schaufenster ab. Richtig, heute war Freitag – der schönste Tag in der Woche.

Freitag war auch für Frau Bartels ein besonderer Tag. Freitags wurde das Treppenhaus von oben bis unten geschrubbt, das tat sie eigenhändig, das ließ sie sich nicht nehmen, denn niemand konnte es besser als sie. Ihr Reinlichkeitsfimmel reichte bis an den Gossenrand, in den sie die Seifenlauge nach getaner Arbeit schüttete. Noch lange standen die Schaumkronen auf dem Rost, weithin sichtbares Zeichen für Frau Bartels' Gründlichkeit. Die Krönung des Freitags war das Plauderstündchen nach getaner Arbeit. Darauf verzichtete Frau Bartels nie, mochte es auch noch so kalt sein. Gegen Kälte konnte man sich mit einer Strickjacke schützen, und aus Kapsreiters Laden fiel genug Licht auf die Straße, um Vorübergehende zu erkennen. Irgend jemand blieb immer stehen und ließ sich in einen kleinen Plausch verwickeln, dicke Frauen mit Einkaufsnetzen und Hauspantoffeln.

Unvorstellbar auch, daß Silke in einigen Jahren so werden könnte wie sie, Fettschichten auf den Rippen, Wasser in den Beinen und kaum mehr Abwechslung als das Fernsehprogramm und der Ärger über lärmende Kinder. Sie hätte gern einen großen Bogen um die Gruppe gemacht. Aber sie blockierten die Haustür, und es gab keinen Hintereingang.

»Sieh an, die kleine Silke!« sagte Frau Bartels schon von weitem, und alle Köpfe drehten sich zu ihr.

»Sie hat sich herausgemacht!«

Ich bin nicht gewachsen, ich habe nicht zugenommen, und ich habe nicht weniger Pickel als sonst, dachte Silke, wieso habe ich mich herausgemacht?
»Eine richtige junge Dame!«
Sie sollten ahnen, daß ich eben auf Armins Schoß gesessen und mit den Beinen gestrampelt habe! »Guten Abend«, murmelte sie und wollte sich an ihnen vorbeidrücken.
»Wieder mal geschafft?« fragte Frau Bartels leutselig. »Silke ist ja so tüchtig«, erzählte sie den anderen. »Sie verdient ihr Geld in einer Fabrik. Und ist dabei so häuslich! Wenn ihre Mutter noch lebte, hätte sie viel Freude an diesem Mädchen! Aber immer diese Überstunden«, wandte sie sich wieder an Silke, »ist das überhaupt erlaubt für Jugendliche?«
Die anderen fielen mit ihren Fragen über Silke her, so daß sie sich gar keine Antwort auszudenken brauchte.
Wie geht's denn sonst so. Gisela immer noch nicht unter der Haube? Und wird Dagmar die Schule schaffen? Wer hilft ihr denn bei den Schularbeiten? Die Großmutter hat ja einiges um die Ohren ... sie dürfte auch bald ihre siebzig Jährchen haben ...
»Sie ist fünfundsechzig«, sagte Silke schroff, »wir kommen sehr gut zurecht, wirklich ...« Sie schlug die Haustür hinter sich zu, aber Frau Bartels' durchdringende Stimme verfolgte sie. »Es ist ein Wunder, daß die Mädchen so anständig bleiben bei der Erziehung. Die werden ja gar nicht mehr erzogen. Die Großmutter ist schon zu alt, der Vater kümmert sich um nichts. Dem ist alles egal, wenn er nur seine Ruhe hat. Ich habe ihm schon so oft gesagt, daß das nicht gutgeht. Aber der hört einem gar nicht zu!«
Silke schlug die Wohnungstür hinter sich zu. Der Flur war dunkel. Dagmar streckte den Kopf aus dem Mädchenzimmer. »Ach, du bist es!« Dann umgab sie wieder Stille, und die geschlossenen Türen rundum schienen zu sagen: ›Bis hierher und nicht weiter. Ich will meine Ruhe!‹ Silke häng-

te ihren Mantel an die Garderobe und schlüpfte aus den nassen Schuhen. Eigentlich müßte sie gleich ins Badezimmer gehen. Aber sie wollte mit jemandem reden, jetzt nur nicht allein sein! Vorsichtig öffnete sie die Tür zu dem kleinen »Kontor«, wie sie es nannten, in dem der Vater seine Geschäftsakten verwahrte. Gisela saß im kreisrunden Schein der alten Schreibtischleuchte. »Hast du dich in der Tür geirrt?« fragte sie, ohne den Kopf zu heben.

Silke lehnte sich gegen die Wand. Gerade an dieser Stelle war sie voller Fettflecken, weil die Mutter hier häufig gelehnt hatte, wenn sie etwas mit dem Vater besprechen wollte. »Die Bartels zieht über uns her«, fing Silke an.

»Hat es dich auch mal erwischt? Ich muß mir jeden Morgen für drei Brötchen und ein Eckchen Käse anhören, was für bedauernswerte Würmer wir sind!«

»Das meint sie doch gar nicht so. Die alte Hexe tut nur so lange zuckersüß, wie sie was aus einem 'rauskriegen will. Übrigens hält sie uns für nette, anständige Mädchen!« Komisch, es ärgerte sie, von den alten Tanten für einen Anstandsmuffel gehalten zu werden.

Gisela hörte ihr gar nicht zu. »Wieso kommst du eigentlich so früh? Habt ihr euch gezankt?«

»Ja.«

»Das gibt sich.« Gisela blätterte in Papieren.

»Nein.«

Gisela schien den bitteren Ton nicht zu bemerken. Sie klappte die Mappe zu und sah auf ihre Hände. »Mir ist es ja egal, was die olle Bartels über uns denkt«, sagte sie leise, »aber manchmal frage ich mich wirklich, wie es mit uns weitergehen soll!«

»Warum sollte es nicht weitergehen?« fragte Silke erstaunt. Was war geschehen, was alles ändern sollte? Was gab es Entscheidenderes als das Ende einer Freundschaft – einer Liebe?

Gisela ließ eine Klammer, die aussah wie ein aufgesperrtes

Froschmaul, über einem Packen Rechnungen zusammenschnappen. »Hast du eine Ahnung! Du kümmerst dich um nichts. Du merkst nicht, was los ist. Vielleicht sollten wir uns ein bißchen mehr um Vater kümmern. Aber zum Teufel, er ist ein erwachsener Mensch!«
»Wovon redest du eigentlich?« War sie hereingekommen, um über den Vater zu reden? Ausgerechnet heute abend?
»Er verkümmert ganz, siehst du das denn nicht? Wenn ich nicht wäre ...« Es war ein Glück, daß sich der Vater durch lautes Poltern anzukündigen pflegte. Er kam durch den Laden herein.
»Was gluckt ihr denn da aus?«
Silke starrte ihn an, versuchte eine Veränderung in seinem Gesicht zu entdecken. Das Licht war schlecht. Im tiefen Schatten sah er nur müde aus. In all den Jahren war er für sie ein unverändertes Gesicht gewesen, müde und vertraut in seiner Fremdheit. Jetzt war es auch noch alt. Wie lange hatte sie ihn schon nicht mehr bewußt angesehen!
Wie, wenn er wirklich den Laden aufgeben müßte? Wovon sollten sie leben? Was konnte sie sich von ihren sechshundert Mark leisten, die sie ja nicht einmal voll ausgezahlt bekam? Sie hatte keine Ahnung, was ein eigenes Zimmer kostete, Strom, Wasser ... ihr erschienen die hundert Mark, die sie im Monat der Großmutter geben mußte, viel zuviel. Gisela könnte in jedem beliebigen Kaufhaus Strümpfe oder Knöpfe oder Perücken verkaufen, aber der Vater –? Silke konnte sich nicht vorstellen, daß er jemals für jemand anders Ware mit einem zuvorkommenden Lächeln verkaufen würde. Was hatte er denn gelernt? Er war »der Kapsreiter«, der Kaufmann drei Schritte über die Straße, er war seinen Kunden verpflichtet, den wenigen, die ihm noch treu waren – nicht durch Freundlichkeit. Er war einfach da. Er konnte nicht plötzlich verschwinden und Fahrer bei einer Spedition werden, Straßenbahnschaffner oder Frisör. Oder doch? Warum fragten sie ihn nicht einfach, wie er

sich die Zukunft dachte! Hatten sie nicht ein Recht darauf, das zu wissen? Und wenn er sagte, es geht uns schlecht, würde sie ihm dann helfen, wieder zu ihm zurückkommen? Konnte sie überhaupt noch etwas ändern? Es lag ja nicht an mangelnden Arbeitskräften. Jetzt, da es mit Armin aus war, müßte es ihr doch egal sein, ob sie bei Koselmann Zahlen, die sie nicht begriff, auf Papiere übertrug, oder bei Kapsreiter Zwiebeln abwog? War ihr das wirklich egal? Sie könnte ihn bitten, morgen in der Firma anzurufen. Ihre Probezeit war noch nicht vorbei. Sie würde Armin nie wiedersehen. Und dann könnte sie sich um den Vater »kümmern«. Statt mit Armin würde sie mit ihm ins Kino gehen, in den Park, im Frühling würden sie gemeinsam die Schwäne füttern ... Silke mußte schlucken und ging schnell hinaus.

»Was ist denn in sie gefahren?« fragte Herr Kapsreiter.

»Nicht der Rede wert«, sagte Gisela, »das muß jeder mal durchmachen.«

Ich halte das nicht mehr aus, dachte Silke, wenn sie morgens die leere Straße sah, ich halte es nicht mehr aus, dachte sie, wenn sie Armin von ferne sah. Ehe sie bei der Stempeluhr ankam, war er in den Umkleideräumen verschwunden.

Und dann hielt sie es doch aus, stempelte Aufträge, steckte sie in die Fächer – steckte sie sogar in die richtigen Fächer, sagte »Moin« und »Mahlzeit«, lächelte, wenn sie ein Zimmer betrat. Für die anderen blieb sie »das Honigkuchenpferd«.

Aber die Abende! Sie waren wie dunkle Löcher, in die sie hineinfiel, die sie verschluckten und am nächsten Morgen wieder freigaben, ausspuckten für einen neuen, langen, grauen Tag.

Die Wochenenden waren eine Qual. Jeden zweiten Sonntagnachmittag kamen die Verwandten. Man fuhr gemeinsam zum Friedhof und besuchte das Grab der Mutter. Sie beteuerten sich gegenseitig, daß es eine gute Idee gewesen sei, einen Gärtner zur Instandhaltung des Familiengrabes zu bestellen. Die gefalteten Hände erstarrten in der Kälte, die Gesichter auch. Man freute sich auf den Kaffee, kam verfroren nach Hause, mußte aber erst das Feuer im Wohnzimmer wieder in Gang bringen, das ausgegangen war, weil die Großmutter Briketts sparte. Dann kam der Kaffee und Großmutters guter Streuselkuchen, die Stimmung hob sich. Man erzählte sich die Ereignisse der Woche, befühlte Stoffe und plauderte über Tante Milli und Onkel Eduard, immer weiter gingen sie zurück in die Vergangenheit, gerieten in die ersten Jahre nach dem Krieg, blieben da hängen – und dann hatte Silke genug. Sie ging hinaus und konnte froh sein, wenn sie das Mädchenzimmer für sich allein hatte. Aber auch da war sie nicht sicher. Onkel Sepps Neugier machte vor keiner Tür halt. Eines Sonntags spazierte er einfach herein, setzte sich auf Dagmars leeres Bett und lehnte sich behaglich zurück.

»Was ist los?« fragte er geradeheraus. »Irgend etwas stimmt nicht mit dir. Du warst ja schon immer ein komisches Huhn, aber so komisch noch nie! Ich bin bereit, alles zu vergessen!«

Silke lächelte. Sie war froh, daß er hereingekommen war. In diesem Ton hatten sie schon lange nicht mehr miteinander geredet. Es war ein gutes Zeichen, daß er das Gespräch nicht mit seiner Lieblingsfrage einleitete: ›Ist die Firma Koselmann schon pleite mit deiner Hilfe?‹ »Ich möchte so gern weg von Koselmann«, sagte sie, »jetzt weiß ich, wie der Hase läuft. Ich muß was Neues ausprobieren.«

»Und jetzt soll dein guter alter Onkel einspringen?« Onkel Sepp lachte geschmeichelt. Das Gespräch gefiel ihm. Onkel und Nichte unter sich. Man wird nicht jünger, aber die Jungen werden auch älter, man kommt sich näher, und an irgendeinem Punkt begegnet man sich. »Hab' ich dir das nicht gleich gesagt?« Die Bemerkung konnte er nicht für sich behalten. Einschränkend sagte er: »Aber vielleicht war diese Erfahrung gar nicht verkehrt für dich. Du hast gelernt, daß es besser ist, nicht gleich mit dem Kopf durch die Wand zu wollen.«

Silke hörte ihm schweigend zu. Wollte sie nicht vielmehr jetzt mit dem Kopf durch die Wand? Nur fort von Koselman, fort von Armin – ihn nicht mehr sehen! Nicht mehr erinnert werden. Das war ihr Hauptproblem. Erst dann kam die Langeweile, der Stumpfsinn der Arbeit. »Ich habe gedacht, du könntest mir helfen. Damals, als ich die Schule hinter mir hatte, hast du gesagt, du hättest alles anders gemacht. Du mit deinen Beziehungen. Du wolltest, daß etwas Ordentliches aus mir wird.«

»Habe ich das?«

Silke versuchte, ihre Ungeduld zu bremsen. »Onkel Sepp – willst du mir helfen oder nicht?«

»Die Frage ist, ob ich es noch kann. Zwei Jahre sind eine lange Zeit. Meine guten Beziehungen könnten gelitten haben! Ich fühle mich natürlich geehrt. Aber weißt du, die Sterne kann ich dir nicht vom Himmel holen!«

»Das erwarte ich ja von niemandem«, brummte Silke. »Ich wünsche mir doch nichts Unmögliches.«

»Und – was wünschst du dir?«

Darauf wußte Silke auch keine Antwort. Trotzdem versprach ihr Onkel Sepp, darüber nachzudenken. Er kannte eine Menge Leute. Er war Akquisiteur und verkaufte Küchen an Leute, die sich gerade ein Haus oder eine eigene Wohnung gekauft hatten. »Ich ruf' dich an«, sagte er.

Er hielt Wort und rief sie in der Firma an. Das waren geheimnisvolle Gespräche für die Damen der Arbeitsvorbereitung. Silke sagte »ja, ja – ich verstehe«, wiederholte Straßen, Namen, eine Uhrzeit – und legte auf. Die anderen bekamen bald den Eindruck, als träfe sie sich jeden Abend mit einem anderen Verehrer.

Anfangs war sie voller Zuversicht. In der Straßenbahn malte sie sich ihren neuen Chef aus, ob er dick oder dünn, nett oder betont sachlich war. Jedesmal machte sie sich mit der Überzeugung auf den Weg, daß es diesmal ganz bestimmt klappen würde. Und jedesmal kam es anders, jedesmal wurde sie ein bißchen unsicherer. Für die verschiedenen Chefs war sie ein unbeschriebenes Blatt, irgendein Mädchen, mit sechzehn Jahren noch ziemlich jung und unerfahren. Der Abteilungsleiter der Versicherung hatte sich unter der neuen Kraft ein etwas älteres Mädchen mit Schreibmaschinenkenntnissen – wenigstens das! – vorgestellt. Für eine Stelle mit Aufstiegschancen zur Sekretärin mußte man schon etwas mehr mitbringen als eine abgebrochene Lehre. Der Architekt, ein besonders guter Freund von Onkel Sepp, suchte so eine Art Empfangsdame. Er hatte sich ganz freundlich mit ihr unterhalten und ihr erklärt, daß die entsprechende Dame ein besonderes »Flair« verbreiten müsse. Silke hätte ihm widersprechen und von der Empfangsdame bei Koselmann erzählen mögen. Aber sie war zu verschüchtert. Außerdem wollte sie sich seine Sympathien nicht verscherzen. Es schmeichelte ihr, daß er mit ihr redete wie mit einer Erwachsenen – als sei sie schon seine Empfangsdame. Zu Hause hatte sie vorsichtshalber in Dagmars Wörterbuch nachgesehen – heimlich, weil sie vor der Jüngeren nicht gern zugeben mochte, daß sie etwas nicht wußte. Was hatte sie denn ausgestrahlt mit ihren Kniestrümpfen? Kniestrümpfe waren zwar gerade modern, aber bestimmt keine verrutschenden. Sie hielt ihr Gesicht dicht vor den Badezimmerspiegel, drehte und wendete es. Nicht einmal das schummrige Licht half ein wenig nach. Weder ihre Augen noch ihr Haar strahlten, von geistiger Ausstrahlung ganz zu schweigen.
Natürlich wurde nichts aus der Empfangsdame. Nachträglich konnte sie sich ausmalen, wie der Architekt Onkel Sepp angerufen hatte: »Da hast du mir ja ein richtiges

häßliches Entlein geschickt! Ich brauche eine mit Flair, verstehst du?«
Die Leute in dem Buchverlag wollten sie auch nicht haben. Onkel Sepp hatte dort jemandem eine Küche preiswert eingerichtet, weil der wieder einen guten Freund von Onkel Sepp kannte.
Das Haus hatte so einladend ausgesehen. Es hatte gerade geschneit, und der Schnee verzauberte den wilden Garten vollends. Silke hatte lange draußen gestanden und durch die schmiedeeisernen Gitterstäbe geschaut. Die Putten im Springbrunnen hatten weiße Mützen auf. Die untergehende Sonne hatte durch eine hohe Glastür in ein Zimmer geschienen, das bis zur Decke mit Büchern vollgestopft war. Das Haus sah so aus, als werde darin nicht nur über Bücher entschieden, sondern als würden sie hier auch geschrieben. Aber Silke war gar nicht weiter als bis in die Empfangshalle vorgedrungen. Andächtig stand sie noch vor dem offenen Kamin mit duftenden Holzscheiten, als neben ihr eine ältere Dame auftauchte, die ihr mitteilte, daß der betreffende Herr gar nicht da sei und daß es auch keinen Sinn habe, wiederzukommen, da das Haus im Augenblick voll besetzt sei. Vielleicht später einmal – bei Bedarf . . .
Immer erfuhr sie nicht, warum die Leute ablehnten. Sie riefen Onkel Sepp an, und er rief Silke an. »Es war wohl doch nichts«, sagte er, »nur Geduld! Schließlich soll ja etwas Vernünftiges aus dir werden.« Silke hatte längst Geduld und Lust verloren. Sie sah ein, daß es so nicht ging. Onkel Sepp hatte sie überschätzt, schickte sie zu lauter anspruchsvollen Leuten. Aber sie wagte nicht, ihm das zu sagen.
Vielleicht war er selbst darauf gekommen. Er sagte es blumig: »Das taugt doch alles nicht! So kommt nichts Halbes und nichts Ganzes dabei heraus. Wenn man nur wüßte, wo deine Stärken liegen! Diese Gedanken hätte man sich vor

zwei Jahren machen müssen. Jetzt ist alles viel schwieriger. Warst du eigentlich schon bei einer Berufsberatungsstelle?«
»Ich will weder Frisöse noch Schneiderin werden«, erklärte Silke unfreundlich. »In der letzten Klasse hat uns mal jemand vom Arbeitsamt besucht. Eigentlich wollte ich auch nicht Verkäuferin werden. Ich wollte nur von der Schule weg.«
»Kannst du dich nicht bis zum Frühjahr gedulden? Ich habe im Augenblick so viel um die Ohren, weißt du.«
Ja, sagte Silke, sie könne sich gedulden. Wenn nicht einmal er, der einzige Erwachsene, von dem sie Hilfe erhofft hatte, Rat wußte, wer sollte ihr dann noch helfen? Die Zeit? Warten, immer warten, daß etwas geschähe, sich etwas änderte. Das zermürbte. Aber wenn man selbst etwas unternahm, lief man Gefahr, daß man die falsche Möglichkeit wählte.

Während sich die Leute draußen in den Kaufhäusern dreimal so schnell drehen mußten wie sonst, herrschte in der Arbeitsvorbereitung bei Koselmann »Saure-Gurken-Zeit«, wie Frau Hankemeier sagte. Alle wichtigen Weihnachtsaufträge waren gelaufen. Sie hatten Muße gehabt, Liegengebliebenes aufzuarbeiten, sie hatten Statistiken erstellt und arbeiteten schon an der Inventur, die erst am Jahresende fällig war. Manchmal wußten sie vor Langeweile nicht, was sie tun sollten. Sie tauschten Rezepte für Weihnachtsgebäck, machten Pläne für Weihnachtseinkäufe, führten unzählige private Telefongespräche, und weil sie für Silke keine Arbeit hatten, schickten sie sie auf den Dachboden, damit sie dort die Regale abstaube. Da oben in der bitteren Kälte, den Staubgeruch in der Nase und weit entfernt von allen Plätzen, an denen Entscheidendes geleistet wurde, sah sie ein, daß es ihr gar nichts helfen würde, wenn sie jetzt die Stelle wechselte. Was wußte sie denn? Was konnte sie? Ihr

war das letzte Schulzeugnis wie eine Garantie dafür erschienen, daß sie nie wieder etwas lernen müsse.
Langsam kam ihr die Erkenntnis, daß alles ganz anders war. Wenn es nur nicht so schwer gewesen wäre, sich zu ändern! Sich selbst am Kragen zu nehmen und zu sagen: Jetzt tu ich was. Und was konnte sie tun?
Silke entschloß sich, für alle Fälle schon einmal auf der Schreibmaschine schreiben zu lernen. Von den wenigen Stunden in der Berufsschule wußte sie nicht mehr viel.
Fräulein Häring hatte zwar keine Bedenken, ihr die Schreibmaschine zu leihen, für die sie im Augenblick keine Verwendung hatte, nachdem sie darauf auch schon alle Weihnachtsbriefe an die Verwandtschaft getippt hatte. Aber sie konnte nicht verstehen, warum Silke sich plötzlich in den Kopf gesetzt hatte, tippen zu lernen. »Das brauchen Sie bei uns doch gar nicht!«
Und als Silke dann mit Ausdauer in die Tasten schlug – asdf asdf asdf ölkj –, wurden die anderen nervös. »Ausgerechnet zu Weihnachten!« stöhnte Frau Sillner. »Sie rauben einem ja den letzten Nerv!«
Silke ging es noch viel zu langsam. Wenn sie ein Wort zusammensetzen wollte, schielte sie doch wieder auf die Tastatur. »A-r-m-i-n«. Das war schwer, und als es endlich dastand, zog sie das Papier schnell aus der Maschine und zerriß es.
Aber sosehr sie sich auch bemühte, die Erinnerung ließ sich nicht einfach in Stücke reißen und in den Papierkorb werfen. Jedes karierte Hemd unten in der Halle versetzte ihr einen Stich. Ihr war nie aufgefallen, wie viele Leute karierte Hemden unter ihren Kitteln trugen, und von hier oben war nicht zu erkennen, ob Armin oder ein anderer darin steckte. Wohin sie sah – immer sah sie ihn. In ihren Träumen hatte er immer noch die traurigen Augen, die er vor drei Monaten gehabt hatte, als sie bei Koselmann anfingen. Aber wenn sie sich einmal zufällig über den Weg liefen,

dann sah sie, wie sehr sie sich irrte. Armin war ein anderer geworden, selbstbewußter, als habe ihn die kurze Freundschaft mit Silke Kapsreiter davon überzeugt, daß auch er seinen Wert besaß. Wenn er sie ansah, grüßte er sie flüchtig, aber meist sah er sie nicht an, steckte er mitten in einer Traube junger Leute, mit denen er laut redete und lachte. Silke ärgerte sich, daß sie nie mit jemandem zusammen war, mit dem sie ihre Heiterkeit zeigen konnte.

Sie sehnte sich danach, ihn zu sehen, und gleichzeitig fürchtete sie jede Begegnung. Sie ging schon lange nicht mehr zum Essen in die Kantine, und wenn sie Frau Hankemeiers Topf holte, schaute sie weder rechts noch links. Wenn dann irgendwo Lachsalven aufbrausten, konnte sie sicher sein, daß Armin dabei war. Jetzt hatte sie ihn schon eine ganze Weile nicht mehr gesehen. Wie lange eigentlich? Sie versuchte sich zu erinnern. Aber in ihrem Gedächtnis war nur sein lachendes Gesicht geblieben, es behielt keine Daten. Vielleicht war er krank? Das Wetter war grippeträchtig. Vielleicht lag er ganz allein in der kalten Gartenlaube, und niemand kümmerte sich um ihn. So unvernünftig konnte er nicht sein! Oder doch? Wußte sie eigentlich, ob das bißchen, das er von sich erzählt hatte, stimmte? Wenn sie jemanden fragen könnte! Aber die anderen hatten zuviel Phantasie. Bei jeder Frage witterten sie etwas. Silke geduldete sich bis zum nächsten Mittwoch. Das »Stundenbuch« gab immer zuverlässige Auskunft. Ein Strich bedeutete unentschuldigtes Fehlen, ein K krank. Sie blieb mitten in der Glasröhre stehen und starrte die Seite mit dem C an. Und was bedeutete es, wenn der Name gar nicht mehr vorhanden war? Niemand hatte ein Wort darüber verloren. Niemand schien ihn zu vermissen. Heute der, morgen der. Hatte sie nicht auch einfach verschwinden wollen? Nun war er ihr zuvorgekommen. Langsam würde die Erinnerung verblassen. Warum war ihr nur so schwach in den Knien? Im Gehen blätterte sie weiter zurück. Er hatte

schon vor einer Woche aufgehört. Für Koselmann existierte er nicht mehr. Und auch sie würde ihn nicht wiedersehen. Vielleicht würden sie sich einmal im Gedränge in einem Kaufhaus begegnen, und eines Tages würde sie vielleicht ganz vergessen, wie er aussah.
An diesem Abend ließ sie sich viel Zeit. Gisela hatte sie gebeten, pünktlich zu sein. Vielleicht hatte sie es nicht nur so dahingesagt, denn Herr Kapsreiter war schon verschwunden, als Silke den Neumarkt überquerte.
In der Eisenbahnstraße sah sie Heidi vor sich hergehen. Fast hätte sie vergessen, daß es Heidi noch gab, von der sie vor kurzer Zeit noch so viel erhofft hatte. Sie war allein, und es sah nicht so aus, als ob sie es eilig habe. Silke hatte keine Lust, mit ihr zu sprechen. Sie würde es nicht ertragen, eine neue Hans-Peter-Geschichte anhören zu müssen. Am Zeitungskiosk blieb Heidi stehen und studierte die Titelbilder der Illustrierten. Gerade, als Silke vorbeigehen wollte, drehte sie sich um.
»Hallo Silke!« Ihre Stimme klang erfreut.
Silke blieb widerwillig stehen. »Tag!«
»Lange nicht gesehen! Seitdem du einen Freund hast, brauchst du mich wohl nicht mehr?« Heidi ging langsam neben ihr her.
»Ich dachte immer, es sei umgekehrt«, murmelte Silke.
»Ich habe ja keinen Freund!« betonte Heidi. »Stell dir vor ...« Und nun kam die allerletzte Hans-Peter-Geschichte.
Es war aus. Er hatte eine neue Freundin. »Zuerst dachte ich, das halte ich nicht aus. Ich hatte mir eingebildet, wenn man sich so gern hat wie wir, müsse es immer und immer so weitergehen. Aber inzwischen habe ich es mir überlegt«, fuhr Heidi schon etwas munterer fort, »manchmal merkt man erst, wenn man sich getrennt hat, daß man den anderen eigentlich gar nicht braucht. Und immer mit demselben zusammen, das wird doch langweilig!«

»Wie geht es dir in Physik ohne Hans-Peter?« fragte Silke mechanisch. Sie besann sich. »Aber das ist ja egal, wenn du doch von der Schule abgehst!«
»Ich schaffe die Klasse auch mit einer Fünf in Physik. Die gleiche ich mit Sprachen wieder aus«, sagte Heidi zuversichtlich. »Ich kriege nicht einmal einen blauen Brief.«
Silkes Interesse erwachte. »Du wolltest doch so schnell wie möglich Geld verdienen!«
»Na ja«, sagte Heidi verlegen, »ich hab's mir eben anders überlegt. Es ist ein Glück, daß man seine Meinung ändern kann. Ich weiß jetzt, was ich werden will, und da bleibe ich lieber auf der Schule.«
»Was willst du denn werden?« fragte Silke neugierig.
»Dolmetscherin oder so was. Wenn ich Sprachen lerne, kann ich in der Welt herumkommen und mit Menschen zusammentreffen.«
Silke nickte bedächtig. Das war eine von Heidis schönen Ideen. Sie konnte ihre Meinung noch einige Male ändern. Aber sie konnte es sich leisten. Bis zum Abitur. Noch drei Jahre Schonzeit.
Heidi redete schon von anderen Dingen ... daß nun bald Weihnachten sei und es Ferien gäbe, Gott sei Dank, und daß man einmal etwas unternehmen müsse. »Was macht ihr Weihnachten?« fragte sie.
»Wer – wir?« fragte Silke verstört. »Nichts – wie immer.« Weihnachten hatte sie glatt vergessen. Längst war man an die Lichter überall gewöhnt, an die Tannenbäume auf allen Plätzen, in Vorgärten und auf Kaufhausdächern. Weihnachten, das Fest des Friedens. Das hatte ihnen die Mutter beigebracht. Spätestens bis Weihnachten mußten alle Unstimmigkeiten bereinigt (aufs nächste Jahr verschoben), alle zerbrochenen Freundschaften gekittet sein. Aber was änderte es an ihrem Alltag, wenn sie Weihnachten etwas mehr Rücksicht aufeinander nahmen? Dagmar würde einmal mehr abtrocknen, der Vater würde wenigstens am

Heiligabend auf das Fernsehprogramm verzichten, die Großmutter würde sie mit guten Sachen vollstopfen und bis Mitternacht bei ihnen bleiben. Beim Glockengeläut (aus dem Radio) würde sie einige Tränen der Rührung vergießen. Sie würden miteinander aushalten, das war ihr gegenseitiges Festgeschenk, und vielleicht war Silke nicht allein mit ihrer stillen Sehnsucht, woanders und mit jemand anders zusammen zu sein.

Heidi stieß sie an. »Was heißt hier nichts? Ich dachte, ihr könntet mich einladen, du und dein Freund.«

»Wir haben uns – verkracht.« Verkracht – das klang noch nicht so endgültig. Das gab noch Hoffnung.

»Jeder verkracht sich mal! Aber Weihnachten könnt ihr euch doch wieder vertragen! Sei kein Frosch, ruf ihn an, sag, es tut dir leid. Das wirkt gut, vor allem, wenn er schuld ist!«

»Er hat kein Telefon.«

»Dann geh zu ihm! Oder hast du Angst vor seiner Familie? Du wirst ihr ja nicht gerade erzählen, daß du den Sprößling heiraten willst. Sag, er hätte was vergessen. Bring ihm etwas, das er dir mal geschenkt hat. Irgendwas wird er dir doch geschenkt haben! Oder hat er dir einmal seine Handschuhe geliehen? Guck mal in deinen Manteltaschen nach!«

Silke kannte den Inhalt ihrer Taschen genau, ungültige Fahrscheine, zerknüllte Taschentücher, ein Kaugummi, ein Probelippenstift – nichts, das an Armin erinnerte.

»Ich kann ihm doch nicht nachlaufen«, sagte sie ausweichend.

»Wenn man sich gern hat, ist alles erlaubt!« erklärte Heidi selbstsicher.

Dann hat er mich wohl nicht gern, dachte Silke traurig, einfach so zu verschwinden. Sie hatten den Milchladen erreicht. Die Fenster der Wohnung erstrahlten in Festbeleuchtung.

»Bei euch ist heute was los!« stellte Heidi mit einem Blick zu den Fenstern fest. »Feiert ihr das Ende des Milchladens?«
»Wie kommst du denn darauf?«
»Es sollte nur ein Witz sein! Also – denk an meinen Rat!«
Heute wäre Silke gern in eine dunkle, stille Wohnung gekommen. Als sie die Tür aufschloß, hüpfte Dagmar ihr auf einem Bein entgegen wie Weihnachten, wenn sie es vor Ungeduld kaum noch aushielt. Es war unmöglich, sich ungesehen vorbeizuschleichen und im Badezimmer einzuschließen.
»Heute passiert's«, flüsterte Dagmar, »ich habe ja immer gesagt, daß etwas passiert.«
»Das sagst du, seitdem du reden kannst. Irgendwas passiert immer!« Silke hängte ihren Mantel an die Garderobe, die heute ungewöhnlich aufgeräumt aussah. Gisela lief mit einem Stapel Teller an ihr vorbei. Sie hatte ihre beste Bluse an, die sie so selten anzog, weil es eine Plage war, die vielen Rüschen zu bügeln. »Hilf mal der Großmutter! Sie hat schon ganz lahme Arme vom Rühren!«
Silke ging in die Küche. Die Großmutter stand mit hochrotem Kopf am Tisch und rührte in einem riesigen Topf. Silke warf einen Blick hinein.
»Wie viele Armeen sollen von dem Kartoffelsalat satt werden?« fragte sie und übernahm den Rührlöffel. Sie rührte gern, ihre ganze Wut, ihren Kummer, ihre Enttäuschung ließ sie an dem Kartoffelsalat aus.
»Nicht so heftig!« jammerte die Großmutter. »Das wird ja ein Matsch! Dir fehlt das Gefühl für die Feinheiten. Darauf kommt es an!« Sie nahm Silke den Löffel wieder aus der Hand. »Wenn man nicht alles allein macht! Aus dir wird nie eine richtige Hausfrau.«
Die Drohung konnte Silke nicht erschüttern. Sie floh ins Bad. Aber die Unruhe da draußen lenkte sie von ihrem Kummer ab. Dann klingelte es auch noch, dreimal, sicher

Onkel Sepp. Nur für ihn konnte Dagmar so rennen. Jetzt hing sie ihm bestimmt am Hals und fand ihn »chic«.
»Ich rieche, rieche Mutters guten Kartoffelsalat! Wann gibt's denn was zu essen?« fragte er dröhnend.
Vor der Badezimmertür stieß Silke mit dem Untermieter zusammen. Als fühle er sich beim Lauschen ertappt, zog er sich ein wenig zurück, trat dann aber gleich darauf einige trotzige Schritte vor.
»Wir haben heute noch einen Gast«, sagte die Großmutter und zog ihn in den Kreis vor der Eßzimmertür.
Onkel Sepp schlug ihm auf die Schulter. »Jetzt wollen wir's uns mal gemütlich machen!«
Dagmar schlüpfte hinter Silke ins Mädchenzimmer. »Was sagst du jetzt?« fragte sie triumphierend.
»Eine Verlobung!« sagte Silke verächtlich. »Was ist schon dabei!«
»Glaube ich nicht! Wer verlobt sich denn am Mittwoch! Vater ist heute gar nicht am Neumarkt gewesen, schleicht herum und sagt kein Wort. Da stimmt doch was nicht!«
Sie wurden zum Essen gerufen. Die Großmutter konnte es nicht lassen, Dagmar zu fragen, ob sie sich die Hände gewaschen habe. Der Untermieter saß eingeklemmt zwischen dem mächtigen Körper der Großmutter und Tante Gertrud, die auch nicht ganz schlank war. Onkel Sepp redete lärmend über den Tisch hinweg auf ihn ein, und wenn seine Rede ins Stocken geriet, brachte Herr Wegener sie mit einer kurzen Zwischenfrage wieder in Schwung.
Der Vater thronte mit gestrafften Schultern am Tischende und rührte den Salat kaum an. Auch Gisela stocherte unlustig darin herum. Nur Onkel Sepp aß mit gutem Appetit ungeheure Mengen, trank viel Bier dazu und lehnte sich schließlich erwartungsvoll zurück. »Jetzt kann's losgehen!«
»Ihr geht erst mal abräumen«, sagte die Großmutter aufgeregt. »Das beste wird sein, wenn ihr auch gleich abwascht!«

»Wir sind gemeint!« Dagmar stieß Silke an. Sie war wütend. Im entscheidenden Augenblick hinausgeschickt! »Die können sich ihre Verlobung an den Hut stecken«, schimpfte sie in der Küche los. »Wahrscheinlich müssen sie erst aushandeln, wieviel Kühe der Gartenzwerg für Gisela zahlt. Was meinst du, wie viele sie wert ist?«
Silke hatte im Augenblick keinen Sinn für solche Späße. Schweigend stellte sie die Teller im Ausguß zusammen. Sie ekelte sich vor den Zwiebelstücken, die Tante Gertrud aus dem Salat gepickt und an den Tellerrand gelegt hatte, vor der Wurstpelle, die die Großmutter übriggelassen hatte, und vor den angetrockneten Senfklacksen. Hab' ich das nötig? dachte sie. Warum geh' ich nicht einfach? Das ist doch nicht meine Verlobung. Ich habe meine eigenen Probleme. Sie merkte, daß sie eine ganze Weile nicht daran gedacht hatte.
»Ich muß mal weg«, sagte sie kurz entschlossen zu Dagmar. »Vielleicht kannst du heute mal allein abwaschen.« Sie war zur Tür hinaus, ehe Dagmar protestieren konnte. Während sie in den Mantel schlüpfte, hörte sie Stimmen aus dem Eßzimmer, und dann hörte sie etwas, das sie mitten in der Bewegung erstarren ließ. »Und Silke«, fragte Tante Gertrud, »was wird aus Silke?«
Noch schwiegen sie da drinnen. Versucht es nur, dachte Silke, über mich kann man nicht herziehen! Sie war fast ein bißchen stolz, daß sie der Anlaß zu der Geheimnistuerei war. Und sie war auch ein wenig erleichtert, denn wenn die anderen sich nur um sie sorgten, würde nichts Besonderes bei der Besprechung herauskommen. Man sollte sie nur hereinholen, sie würde ihnen schon sagen, daß sie sich unnütze Gedanken machten.
»Wir können nur eine nehmen«, hörte sie Onkel Sepp sagen. Seine Stimme senkte sich, wurde undeutliches Nuscheln, ». . . keine Sorgen . . . so tüchtig . . . schon selbständig . . . fast 17 . . .«

Langsam zog Silke ihren Mantel wieder aus. Hier ging es um keine Verlobung. Hier ging es um wichtigere Dinge, die auch sie betrafen. Einen Augenblick lehnte sie sich herzklopfend gegen die Mäntel an der Garderobe. Einen Augenblick lang war sie ein hilfloses kleines Mädchen. Dann ging sie langsam in die Küche zurück.

»Du bist komisch heute!« stellte Dagmar fest.

Silke wandte ihr den Rücken zu und spülte energisch das Geschirr ab. Mit dem Geklapper versuchte sie, die eigene Unruhe zu übertönen. Es schien eine Ewigkeit zu dauern, ehe die Großmutter endlich kam. Sie nahm eine Flasche Schnaps aus dem Kühlschrank, die dort immer für alle Gelegenheiten bereitstand, für traurige und erfreuliche.

»Kommt mal mit!« sagte sie zu den Mädchen.

Dagmar war als erste im Eßzimmer. Ein kühler Lufthauch schlug ihnen entgegen. Gisela hatte das Fenster geöffnet und beugte sich hinaus. Dicht hinter ihr stand der Untermieter, die Hände ausgestreckt, als rechne er damit, sie jeden Augenblick vorm Hinausfallen bewahren zu müssen.

Schnapsgläser standen auf dem Tisch. Die Großmutter schenkte mit zittrigen Händen ein. Sie vergoß ein wenig.

»Schnaps gibt keine Flecken«, sagte Tante Gertrud. Keine Miene verriet, daß sie eben noch über wichtige Dinge gesprochen hatten. Silke bekam auch ein Glas. »Worauf trinken wir denn?« fragte sie.

»Ich denke, es ist eine Verlobung?« platzte Dagmar heraus.

»Man verlobt sich nicht mitten in der Woche!« sagte Tante Gertrud. »Das wird Weihnachten nachgeholt!«

»Trinken wir auf eine bessere Zukunft!« schlug Onkel Sepp vor und hob sein Glas. Er kippte den Inhalt in einem Zug hinunter und schüttelte sich.

Silke nippte nur. Sie mochte keinen Schnaps, auch nicht zu besonderen Anlässen. »Was ist denn eigentlich los?« fragte sie trocken. »Ist Kapsreiter jetzt pleite?«

Einen Augenblick herrschte betretenes Schweigen. Onkel Sepp stellte sein Glas heftig auf den Tisch. »Ich habe ja schon immer gesagt, du sollst was Ordentliches lernen! Dann würdest du jetzt nicht so dummes Zeug reden!«
Zum ersten Male mischte der Vater sich ein. »Laßt doch! Ob pleite oder kurz davor, das ist kein großer Unterschied! Wir haben lange genug darüber gesprochen. Wir haben uns entschieden, und jetzt reden wir nur noch von der Zukunft!« Er wandte sich an seine beiden jüngeren Töchter. »Ihr seid groß genug, um zu kapieren, daß die Welt nicht untergeht, wenn wir den Laden zumachen. Er rentiert sich nicht mehr. Silke kann ihren Unterhalt als Werkstattschreiberin verdienen. Gisela will heiraten. Dagmar ist gut aufgehoben, für wen soll ich mich noch abrackern?«
Silke biß die Zähne zusammen. Wenn er das nicht gesagt hätte »Werkstattschreiberin« – und in dem Ton! Vielleicht hätte sie ihm angeboten, zurückzukommen. Hatte sie sich nicht schon manchmal danach gesehnt? War nicht Kapsreiters Milchladen wie eine stille Sicherheit im Hintergrund gewesen? Wenn sie sich geärgert hatte, hatte sie so manches Mal gedacht: Wenn die nicht so wollen wie ich – eines Tages ...
»Wenn Gisela heiratet, suchen wir uns eben einen neuen Untermieter«, schlug Dagmar vor, die den Ernst der Lage noch nicht erfaßt hatte. »Ich höre mit der Schule auf, und Silke und ich schmeißen den Laden.«
»Dann heiratet Silke den neuen Untermieter, und dann?« fragte Onkel Sepp spöttisch. »Sei nicht so egoistisch. Gönn deinem Vater auch ein Vergnügen. Es wird ihm guttun, wenn er einmal hinauskommt.«
Die Großmutter schneuzte sich heftig. »So weit hat es kommen müssen!« Für sie war das ein besonders schwerer Schlag. Sie hatte gemeinsam mit ihrem Mann das Geschäft aufgebaut. Im Krieg war das Haus verschont worden, der Sohn konnte den Laden übernehmen. Es waren schwere

Jahre gekommen – aber dann war es ihnen gutgegangen, und jetzt konnte es die Großmutter nicht begreifen, daß sich die Zeiten änderten.
Dagmar schüttelte verständnislos den Kopf. »Das versteh' ich nicht. Willst du auf Reisen gehen, einfach so?«
»Man kann es so nennen«, sagte der Vater lächelnd. »Im Frühjahr zieh ich aus. Man kann viel Geld im Straßenbau verdienen. Ich muß doch dafür sorgen, daß du weiter zur Schule gehen kannst!«
Dagmar machte sich in ihrem Sessel steif, als wolle sie jemand gegen ihren Willen wegschleppen. »Und – was wollt ihr mit uns machen? Wollt ihr uns vielleicht in ein Heim stecken?«
Plötzlich redeten alle auf einmal, als hätten sie nur auf ein Stichwort gewartet. Jeder mußte seiner Empörung Luft machen. Wer hatte denn an so etwas Schreckliches gedacht – wie kam das Kind nur darauf? Ein Heim – jawohl, das sollten sie haben, ein neues Zuhause innerhalb der Familie, anders als jetzt, aber ein Zuhause. Alles konnte nur besser werden. Wenn man Onkel Sepp richtig zuhörte, schien es ein Glück für sie zu sein, daß Herr Kapsreiter endlich den Entschluß gefaßt hatte, den unrentablen Laden aufzugeben. Aber was kam dann?
»Das ist doch ganz einfach«, sagte Onkel Sepp, »ein Mädchen zieht zu uns. Unser Gästezimmer sieht so selten Gäste, und . . .«
»Ich will aber nicht ausziehen«, sagte Dagmar, »ich wohne gern hier!«
Tante Gertrud stand auf und setzte sich zu Dagmar auf die Sessellehne. »Natürlich sollst du nicht gleich morgen ausziehen!« Dann redete sie leise auf Dagmar ein. Dagmar hielt den Kopf krampfhaft gesenkt und nichts verriet, was sie dachte. Silke betrachtete die beiden. Die sollten nur mich fragen! Sie dachte an die schöne, helle Wohnung mit den großen Balkonen, die ins Grüne ragten. ». . . gute

Schule«, hörte sie die Tante sagen, »schönes Zimmer ... gut haben ...«
Die anderen hatten also längst entschieden, wer zu wem ziehen würde. Es war ganz selbstverständlich, daß Dagmars Schulausbildung vorging. Das sah sie ein. Dennoch spürte sie tief drinnen die Zurücksetzung. Sie war ja nun die Große, fast siebzehn, so selbständig. Sie würde schon allein fertig werden.
»Und ich?« fragte sie scharf in das allgemeine Gemurmel.
»Du kannst dir aussuchen, wo du wohnen willst!« sagte Onkel Sepp. »Bei der Großmutter ist noch ein Bett frei, aber du kannst auch hier bleiben, bei Gisela und Richard.«
Silke starrte Gisela an, und Gisela starrte zurück wie früher, wenn sie ausprobierten, wer am längsten ernst bleiben konnte. Meist hatte sie als erste gelacht.
›... zu schade für dieses Milieu‹, hörte sie Gisela in Gedanken sagen, ›er holt mich hier 'raus‹. Nicht davon anfangen! bat ihr Blick.
»Das kapiere ich nicht«, sagte Silke unerbittlich, »warum sucht ihr euch nicht eine neue, schöne Wohnung?«
»Das ist doch ganz einfach! Neue schöne Wohnungen sind teuer. So billig wie hier werden wir nirgends wohnen können«, antwortete Herr Wegener an Giselas Stelle. »Wir vermieten zwei Zimmer und machen ein gutes Geschäft.«
»Hab' schon verstanden!« sagte Silke. »Ich zieh' zur Großmutter. Die will wenigstens keine Geschäfte machen.«
»Aber Silke ...« Jetzt fielen alle über sie her. An so einem Abend so etwas zu sagen! Sie mußten jetzt zusammenhalten, mehr noch als zuvor!
Die Großmutter stand mühsam auf. »Hört auf! Es hat ja keinen Sinn. Wir sind alle gereizt. Es war ein bißchen viel heute. Am besten, wir gehen schlafen.«
Alle sprangen erleichtert auf. In einem winzigen Augenblick wurde klar, wie lästig jedem einzelnen dieses Treffen gewesen war.

»Wir bringen dich nach Hause«, bot Onkel Sepp der Großmutter an. Im Handumdrehen war die Wohnung leer. Herr Kapsreiter war noch einmal in sein »Kontor« gegangen wie an irgendeinem beliebigen Abend. Im Badezimmer planschte Dagmar. Silke stand am Fenster und sah zu, wie sie die schwerfällige Großmutter in Onkel Sepps Auto schoben. Eine alte Frau. Wenigstens auf sie sollte man Rücksicht nehmen.
Hinter ihrem Rücken klirrte Gisela mit den Gläsern.
»Ich helfe dir«, sagte der Untermieter.
»Noch sind wir nicht verheiratet!« Es sollte lustig klingen. Gisela gab ihm einen flüchtigen Kuß und schob ihn in den Flur. »Erhol' dich ein wenig von uns. Du wirst noch lange genug mit mir zusammensein.« Sie wandte sich an Silke. »Ich glaube, wir beide haben etwas zu besprechen!«
Silke drehte sich um. »Ich wüßte nicht was! Außerdem habe ich noch etwas zu erledigen.« Ohne Gisela anzusehen, ging sie an ihr vorbei, zog ihren Mantel an und schlug die Korridortür hinter sich zu.

## VII

Mit hochgeschlagenem Mantelkragen stapfte sie durch die Schrebergartenkolonie. Finsternis lag über den Gärten. Nirgends ein Licht. Ich habe noch etwas zu erledigen! Wie kindisch und wichtigtuerisch das klang! Und hier irrte sie herum und konnte sich nicht entscheiden. Wenn man sich gern hat, ist alles erlaubt. Wenn man verzweifelt ist, müßte mindestens ebensoviel erlaubt sein.
Der Pfad zur Barackensiedlung war unbeleuchtet. Immer wieder glitt sie ab auf Grasbuckeln, rutschte in kleine Wasserlöcher, stieß gegen einen halbverfallenen Zaunpfahl, der sie zurück auf den Weg wies.

Schließlich stand sie vor der Siedlung, die auf der Karte ein kleiner schwarzer Punkt war. So aus der Nähe besehen, war sie eine eigene kleine Stadt, flach, nicht gleich überschaubar. Die vielen Gassen waren verwirrend. Eine Katze strich lautlos um die Ecke. Silke blieb ratlos stehen. Wohin war sie geraten? Wie sollte sie Armin hinter diesen vielen Türen und Fenstern finden? Vor den Eingängen standen Fahrräder, Roller, Dreiräder und Kinderwagen in buntem Durcheinander, nirgends eine eindeutige Spur einer bestimmten Familie.

Sie wollte gerade umkehren, als eine Frau aus dem nächsten Haus kam und einen Abfalleimer in eine überquellende Mülltonne leerte. »Huch, hast du mich erschreckt!« sagte sie, als Silke vor ihr auftauchte. »Was willst du? Der Schorsch ist nicht da.«

Silke war aufgeregt. »Ich wollte ... ich suche ...«

Die Frau wurde plötzlich böse. »Nur mal so gucken, was? Hier gibt's nichts zu gucken! Scher dich dahin, wo du hergekommen bist!«

»Ich suche Armin«, sagte Silke. »Kennen Sie Armin?«

»Dreihundert Leute – wie soll man die alle kennen!« murrte die Frau schnell besänftigt. »Aber warte mal!« Die Tür blieb offen, aus dem langen dunklen Gang kamen Küchengerüche.

Hinter einer Tür wurde laut geredet. »Armin?« sagte eine Jungenstimme – vielleicht jener Schorsch, der angeblich nicht da war. »Ist das nicht der feine Pinkel aus Block D? Ein Mädchen – sagst du?«

Ein breitschultriger Junge erschien in der Türöffnung. Silke konnte sein Gesicht nicht erkennen. Aber sie hörte ihn Kaugummi kauen. »Was hast du denn mit Armin?« fragte er und lehnte sich gegen den Türpfosten in Erwartung einer kleinen Unterhaltung.

»Kennen Sie ihn?« fragte Silke schüchtern. Warum war sie nicht schon längst weggelaufen?

»Ich ihn schon – aber er mich nicht. Der verkehrt nicht mit uns! Dem ist es hier nicht fein genug. Wenn der Lastenausgleich erst mal da ist, baut er sich ein Schloß und nimmt sich ein Mädchen. Die Mädchen wachsen bei uns nämlich auf den Bäumen. Man braucht sie nur zu pflücken!« Der Junge griff plötzlich nach ihr.

Sie zog sich schnell in die Dunkelheit zurück. Block D war nur einige Schritte um die Ecke. Das Licht reichte kaum aus, die Namenschilder an den Türen entlang des Flurs zu entziffern. Endlich fand sie eines mit vielen C's und Z's:

Czcaczeckes. Wann würde sie sich den Namen endlich merken? Eine Klingel gab es nicht, und auf ihr zaghaftes Klopfen rührte sich auch nichts. Vielleicht ist er gar nicht mehr hier, dachte sie, oder er ist da und macht trotzdem nicht auf.

Sie blinzelte, als sie unvermutet ein Lichtstrahl aus der geöffneten Tür traf. Vor ihr stand eine zierliche kleine Gestalt. Silke konnte keine Einzelheiten erkennen, sie sah nur dünnes Frauenhaar, das von hinten beleuchtet wurde. Die Frau wirkte jung. War er doch verheiratet, lebte er hier mit einer Freundin zusammen –? Daß sie nie auf die Idee gekommen war!

»Ich wollte sehen, wie es Armin geht«, stotterte sie. »Wir arbeiten . . . wir waren Kollegen.«

»Ja?« Es klang zweifelnd. Die Tür wurde ganz geöffnet, und Silke fühlte sich mit sanfter Gewalt ins Zimmer gezogen. »Die Nachbarn sind so neugierig«, sagte die Frau entschuldigend und schloß die Tür hinter Silke.

Jetzt gab es kein Zurück mehr. Silke sah in ein faltiges Gesicht, in dem nur die Augen sonderbar jung waren, flink, leuchtend. Armins Augen. Über ihre Schulter hinweg konnte Silke ein doppelstöckiges Bett sehen. In dem unteren Bett lag jemand. Armin, durchfuhr es sie beim Anblick des dunklen Haarschopfes, der aus dem geblümten Bettenberg ragte.

»Mein Sohn ist aber nicht zu Hause«, sagte die Frau und sah Silke forschend an, als könnten sie sich ohne Worte miteinander verständigen. »Du kannst es mir ruhig sagen, wenn du seine Freundin bist«, sagte sie plötzlich, und ihr Gesicht zerfloß zu einem breiten Lächeln, so daß Silke sich förmlich in die Arme genommen fühlte. »Immer habe ich gehofft, einmal wird er finden ein Mädchen, und dann ist alles gut!«

»Ich bin nicht sein Mädchen«, sagte Silke schroff. »Ich heiße Silke Kapsreiter und wollte wirklich nur ... Wenn Armin nicht da ist, möchte ich lieber gehen«, fügte sie verlegen hinzu, als der Schlafende sich schnaufend herumwarf.

Die Frau sah sich nach dem Bett um. »Wegen dem da brauchst du nicht zu gehen. Der hört nichts, wenn er schläft. Mein Mann ist gerade von der Schicht nach Hause gekommen.«

»Deswegen nicht. Ich ...«

»Dann bleib zu einer Tasse Tee! Habe ich doch so selten Besuch!« Sie drückte Silke energisch in den nächsten Stuhl, und während sie das Teewasser aufsetzte, redete sie weiter: »Natürlich haben wir auch ein Schlafzimmer. Aber da ist es so kalt. Außerdem bin ich froh, wenn er hier drinnen schläft. Sonst sehe ich ihn ja überhaupt nicht mehr! Und dann bin ich nicht so allein. Die Kinder sind dauernd unterwegs. Nach Hause kommen, ist das Essen schon fertig? Die Tasche in die Ecke werfen, und schon sind sie wieder verschwunden. Ich kann ja verstehen, daß sie sich hier nicht wohl fühlen.«

Silke sah sich verstohlen um. Die Küche unterschied sich kaum von Kapsreiters Küche, elektrische Kaffeemühle, elektrischer Mixer, ein Kühlschrank mit abgestoßenen Ecken, blankes Linoleum, abgetreten, ein krümelfreier Tisch. Was hatte Armin ihr nur erzählt? Sie hatten doch alles! Die Christrosen auf dem Tisch schienen Besuch zu er-

warten. Nur die Betten in der Ecke und die Wäsche über dem Herd wollten nicht in die Idylle passen. Silke meinte, eins von Armins karierten Hemden zu erkennen. Aber vielleicht trugen alle Familienmitglieder karierte Hemden? Auch die Schuhe vor dem Herd waren alle gleichermaßen lehmverschmiert.
Frau Czcaczeckes war ihrem Blick gefolgt. »Sieht schlimm aus, nicht? Wir haben es nicht immer so gehabt. Warte, ich will dir was zeigen!« Sie rollte das r wie Armin, und es war derselbe Singsang in ihrer Stimme. Aber sie sprach fließend. Sie bewegte sich wie ein Wiesel durch die Küche und kroch fast unter das Bett. Eine Weile tastete sie umher. Der Mann murmelte etwas, wurde aber nicht wach. Dann zog sie eine blecherne Kiste unter dem Bett hervor, die sie wie einen kostbaren Schatz zum Tisch trug. Bevor sie die Kiste öffnete, goß sie Tee in die Tassen. Der Kandiszucker knisterte leise. Dann schüttete sie den Inhalt der Kiste aus, und eine Flut von Fotos ergoß sich über die Wachstuchdecke, blasse Bilder, schon vergilbt mit rundgegriffenen Ecken. Silke mußte lächeln. Die Großmutter hatte die gleiche Schwäche wie Armins Mutter. Sie weigerte sich, Fotos in Alben zu kleben, weil sie es viel schöner fand, die Bilder bei jeder Gelegenheit hervorzuholen und herumreichen zu können. Ein Fotoalbum war so eine starre, unhandliche Sache. Da waren die Bilder ein für alle Mal in ihrer Reihenfolge festgeklebt. Fotos, die man mit sich herumtrug, ließen sich willkürlich aneinanderreihen, hier ein Teil des Hauses von vorn, und da war es von hinten. Vier solcher Fotos ergaben ein ganzes Haus. Was schadete es, daß auf einem die Sonnenblumen über den Zaun nickten und daß der Zaun auf der anderen Seite Schneekappen trug?
Silke legte die Bilder nebeneinander. Es war kein besonderes Haus, ein Holzhaus mit Fensterläden, die ein wenig schief in den Angeln hingen, auch der Zaun sah aus, als wolle er jeden Augenblick unter der Last der Sonnenblu-

men oder der Schneemassen zusammenbrechen. Eine schiefe Treppe führte zur »Veranda« hinauf, an deren Außenwand verbeulte Wannen hingen. Aber hübsch war es mit den Dahlien und Malven und den Birken, die über das Dach schauten. Auf einem Bild war Frau Czcaczeckes zu sehen, wie sie eine Kuh tränkte. Einen Hofhund gab es auch, ein zottiges Wesen, das die Zunge herausstreckte.

Eigentlich haßte Silke es, alte Bilder anzuschauen, das ist Tante Marta, sie hat dir immer Zuckergummi mitgebracht, erinnerst du dich noch? Tante Anna konnte so gute Mürbteigplätzchen backen, aber sie ist früh gestorben. Daran war Onkel Paul schuld, er hat so viel getrunken, der Schurke, und dann hat er sie noch um zwanzig Jahre überlebt.

Aber mit diesen Fotos war es etwas anderes. Es wimmelte von Menschen, feixende Kinder, steife alte Leute, Verwandte, die gar nicht so anders hießen als die eigenen Verwandten, aber zwischendrin tauchte immer wieder ein Gesicht auf, das ihr vertraut war und mit jedem Bild vertrauter wurde: Armin in knielangen Hosen, bis zu den Knöcheln im aufgeweichten Schmutz des Hofes stehend. Armin mit Zahnlücke. Armin auf dem Heuwagen. Armin auf einem Ackergaul. Armin mit Schmalzlocke auf einem eindrucksvollen Motorrad. Aus jeder Gruppe fand sie ihn heraus. Er überragte sie alle, wie sie ihre Schwestern überragte.

Armin als Baumfäller – das Bild blieb lange auf dem Tisch liegen. Silke hätte es gern an sich genommen. Mit nacktem, dunklem Oberkörper lehnte er über dem gefällten Stamm, der so riesig war, daß Armin dagegen ganz schmächtig wirkte. Er sieht so glücklich aus, dachte Silke.

»Wir hatten es gut in unserem Haus«, sagte Frau Czcaczeckes. »Wer weiß, vielleicht wären wir nie weggegangen, wenn nicht alle Deutschen fortgezogen wären, einer nach dem anderen. Die Kinder hatten nur noch polnische Freunde. Und mein Mann und ich wünschten uns so sehr, daß sie einmal Deutsche heiraten.«

Sie strich die Bilder mit einem Seufzer zusammen und schichtete sie zu einem Häufchen. Wie schnell das ging, ein halbes Leben an sich vorbeilaufen zu lassen! Und jetzt? Silke sah sich verstohlen um, diese Enge, die Dürftigkeit der abgenutzten fremden Möbel – ersetzten sie die noch älteren, aber eigenen Möbel in dem Holzhaus? Ersetzte die Begonie auf dem Fensterbrett den Blumengarten?
Silke spürte die Wärme von vorhin nicht mehr. Vielleicht lag es auch einfach daran, daß das Feuer im Herd niedergebrannt war. Der Tee war kalt geworden, und der Bodensatz schmeckte ekelhaft süß. Was gingen sie eigentlich diese Fremden an? Warum machte sie sich ihretwegen Gedanken? Es gab sicher Gründe, warum die Familie alles aufgegeben hatte. Vielleicht reichte ein Blumengarten nicht aus, um ein Leben lang zufrieden zu sein. Was hatte sie überhaupt noch mit Armin zu schaffen? Vielleicht hatte er längst eine neue Freundin, und wenn er sie jetzt hier sitzen sähe, würde er womöglich böse werden.
Aber sosehr sie sich hinter abweisenden Gedanken zu verschanzen suchte, die anderen ließen sich nicht verdrängen.
Frau Czcaczeckes schien ihre Anwesenheit vergessen zu haben. Mit hängenden Schultern saß sie vor dem Häufchen geschichteter Vergangenheit und lauschte in sich hinein.
Silke sah sie an und begriff, daß sie diese Leute ebensoviel angingen wie ein Blinder am Straßenrand. Aber da wußte man wenigstens, was man zu tun hatte. Noch nie hatte sie so klar erkannt, daß jemand Hilfe brauchte, ihre Hilfe. Nur, was konnte sie tun? Wenn ihr jetzt wenigstens etwas einfiele, was sie sagen könnte, um das peinvolle Schweigen zu überbrücken. Das Weckerungetüm auf dem Küchenbüfett tickte unangenehm in der Stille.
Die Frau hob den Kopf und sah auf die Uhr. »Daß der Junge nicht kommt! Er macht uns so viel Kummer. War nie leicht mit ihm, aber hier ist es ganz schlimm geworden.«

Silke witterte eine Möglichkeit, endlich mehr über ihn zu erfahren.
»Vielleicht hat er Heimweh?« fragte sie schüchtern.
Frau Czcaczeckes bewegte die Schultern. »Heimweh? Man weiß ja nicht, wohin man gehört. Hier ist man nicht zu Hause, da ist man nicht zu Hause . . .«
»Ich meine, vielleicht möchte er lieber auf dem Lande leben.«
»Der nicht!« sagte seine Mutter entschieden. »Immer hat er nur von der Stadt geredet. Wenn ich erst mal in der Stadt lebe, hat er immer gesagt.«
»Er hat wohl nicht diese Stadt gemeint. Wenn ich mir vorstelle, ich sollte von heute auf morgen weggehen von hier . . . ich habe zwar nicht viele Freunde hier, aber schlimm wäre es trotzdem. Und wenn er drüben auch noch ein Mädchen hatte . . .«
Frau Czcaczeckes lachte ein wenig. »Drüben hatte er nur eine Liebe: sein Motorrad. Er konnte es ja nicht mitnehmen. Das hat ihn sehr getroffen. Er hatte nichts anderes als Autos im Kopf. Er wollte Autoschlosser werden. Das war sein Traum. Als er im zweiten Lehrjahr war, kriegten wir die Ausreiseerlaubnis. Was sollten wir denn tun? Hätten wir ihn dalassen sollen?«
Vielleicht, dachte Silke, aber sie sagte es nicht laut. »Das hat er mir nie erzählt«, murmelte sie, »er hat mir überhaupt nichts erzählt.«
Frau Czcaczeckes nickte. »So ist Armin. Alles für sich behalten, alles schlucken. Das ist nicht gut. Alles frißt er in sich hinein, eines Tages kommt eine Kleinigkeit, und er macht eine Dummheit, weil er einfach explodiert.«
Silke sah sie groß an.
»Na ja, das war so. Eines Tages ist er plötzlich verschwunden, ist noch nicht lange her, kam einfach nicht von der Arbeit nach Hause und blieb fünf Tage weg. Eine schreckliche Zeit. Wir wußten nicht ein noch aus. Die Polizei

kann unsereins ja nicht rufen. Die von drüben machen doch nur Ärger, heißt es. Nein, nein, lieber nicht auffallen. Und dann ist er ja von selber wiedergekommen. Er wollte allein sein, hat er gesagt, hat irgendwo draußen in einer Bude geschlafen, und heimgekommen ist er nur, weil die Nächte so kalt wurden. Ich glaube ihm nicht.«

»Er ist ja wieder da, genügt das nicht?«

»Die Stelle hat er gewechselt, Gott weiß warum! Jetzt schleppt er Kisten beim Supermarkt. Ist doch auch nicht besser. Früher war er nicht so ruhelos.«

»Er hätte Autoschlosser werden sollen. Geht das denn nicht mehr?«

»Hier ist alles so kompliziert. Die zwei Jahre Lehrzeit in Polen erkennen sie ihm nicht an. Einige Monate haben wir in einem Auffanglager gelebt. Wir wollten hierher zu unseren Verwandten ziehen. Immer haben sie uns geschrieben, wie schön es hier ist, und Pakete haben sie uns geschickt. Jetzt sind wir da und merken gar nicht, daß wir mit ihnen in derselben Stadt leben. Sie haben nie Zeit. Einmal waren sie hier draußen. Ist lange her. Ihr müßt hier 'raus, haben sie gesagt. Was sollen wir tun? Es ist schwer, eine Wohnung zu bekommen. Unsere Familie ist groß. Die Leute mögen keine großen Familien. Und wir mögen keine alte Wohnung. Alte Wohnung kann man haben in Häusern, wo nur Ausländer wohnen. Wir sind doch keine Ausländer! Nein, da warten wir lieber, bis wir das Geld für eine schöne neue Wohnung beisammen haben. Irgendwann kriegen wir ja auch was vom Lastenausgleich für unseren Hof. Aber das kann noch lange dauern. Jetzt ist jeder Pfennig wichtig. Drei Jahre Lehre für Armin sind zu lang. Er ist ja viel älter als die anderen, und dann schämt er sich, daß er nur gebrochen Deutsch spricht.«

»Ja, das ist wirklich ein Problem!«

»Vielleicht haben wir selbst schuld«, sagte Frau Czczaczeckes leise, »wir haben uns alles viel leichter vorgestellt.

Wenn wir erst im Westen sind, habe ich immer gesagt. Im Westen geht alles von selbst. Und was haben wir nun? Nichts! Man schuftet von morgens bis abends. Die Kinder denken, ich habe sie belogen und verachten mich. Die Jüngste geht auf eine Förderschule und lernt Deutsch, weit weg von hier. Wir vermissen sie sehr, und sie ist auch unglücklich. Sie hat's gut, hat Armin gesagt, lauter polnische Jugendliche. Sie soll nur erst herauskommen, hat er gesagt, dann wird sie sehen, wie es wirklich ist. – Ich möchte so gern, daß meine Kinder mit deutschen Kindern zusammen sind. Aber sie wollen gar nicht. Siegfried, der Älteste, hat schon eine Freundin gefunden, die ist auch aus der Gegend von Allenstein.«

»Und Armin?«

»Er sagt ja nichts. Jedenfalls ist er nie da. Hier hält er es nicht aus, sagt er. Ich kann das ja verstehen. Wenn ich dieses Zimmer sehe, wird mir ganz weh ums Herz! Jetzt denke ich oft an unser schönes Haus, wie das leer steht und verfällt, und der Garten verwildert, während wir hier zusammenhocken und langsam einen Haß aufeinander kriegen.«

»Aber Sie werden doch nicht ewig hier wohnen bleiben! Niemand wohnt immer in dieser Siedlung! Alles ändert sich.«

»Ja, ja, aber manchmal, wenn ich ganz verzweifelt bin und alles so ausweglos scheint, dann denke ich, das ist die Endstation. Ein Zimmer und eine Wohnküche. Die Toilette wird von fünfzehn Familien benutzt. Es gibt Leute, die stellen da ihre Milch kalt. Unser Schlafzimmer ist eine Eishöhle, Steinfußboden. Vielleicht kriegen wir von der Fürsorge einen alten Teppich.« Frau Czcaczeckes sah auf ihre Strickjacke und zupfte an dem ausgeleierten Knopfloch. »Ich habe die alten Plünnen so satt! Ich möchte auch mal was Neues haben! Und die Mädchen möchten hübsche Kleider haben. Die Kleine träumt von Blue jeans.«

Das Faß war zum Überlaufen voll gewesen, jetzt ergoß sich

alle Bitterkeit über Silke. War es gerecht, daß man sie zu dem »Gesindel« hier im Lager gesteckt hatte? Waren sie vielleicht Tagediebe, Herumtreiber? Schufteten sie nicht mehr als manch anderer in dieser Stadt? Bald war Weihnachten, da wollte man sich doch auch mal was Schönes leisten. Siegfried arbeitete auf einem Schrottplatz. Er rackerte sich ab, träumte von einem Auto. Konnte man ihm das schwerverdiente Geld wegnehmen? Ihren Mann bekam Frau Czcaczeckes kaum noch zu Gesicht. In Überstunden verdient man das meiste Geld. Wer weiß, wie lange er diese Plackerei noch durchhielt. Er war auch nicht mehr der Jüngste. Wenn es nicht die Schulpflicht gäbe, würde die Kleine auch arbeiten gehen, genau wie die ältere Schwester wollte sie in einer Fabrik Sauerkraut in Konserven abfüllen. Was machte es, wenn die Leute abends in der Straßenbahn ein Stück von einem abrückten, weil man so sehr nach Sauerkraut stank, Hauptsache, man wurde gut bezahlt. Frau Czcaczeckes ging auch arbeiten, stundenweise, putzen. Das war eine harte Arbeit, aber sie konnte längst nicht mehr so viel leisten wie früher. Die Kinder, der Krieg, die Jahre des Wartens hatten Kraft und Nerven gekostet.
»Man kriegt eben nichts geschenkt im Leben«, sagte sie abschließend mehr zu sich selbst als zu Silke. Dann saßen sie schweigend da, und die Fremdheit stand zwischen ihnen. Die Frau wirkte abwesend. Man müßte sie an den Schultern rütteln, von etwas anderem reden oder Sätze sagen, wie sie der Großmutter mit Leichtigkeit einfielen. Die abgearbeitete Hand nehmen und streicheln.
Silke war nicht überzeugt, daß Worte helfen könnten, nicht jetzt. Sie stand auf. »Ich muß gehen. Armin kommt wohl nicht mehr.«
Frau Czcaczeckes sah sie wie erwachend an. »Du kommst doch wieder?« Sie hielt Silkes Hand lange fest. »Vielleicht kannst du ihm helfen!«
»Wenn ich es bisher nicht gekonnt habe?«

»Trotzdem – es ist schön, Besuch zu haben! Wirklich, ich freue mich aufs nächste Mal. Endlich jemand von draußen!«
Der Lichtschein aus der Wohnküche begleitete Silke bis an die Haustür. Draußen holte sie tief Luft. Alles Bedrückende der Umgebung fiel von ihr ab. Wie gut, daß ich Silke Kapsreiter bin, dachte sie. Sie mußte ein Stück rennen, um die Beklemmung ganz abzuschütteln. Durch die niedrigen Fenster konnte sie in andere Wohnküchen sehen, in denen viele Menschen um einen Tisch herumsaßen. Gesindel? Wie ungerecht man werden konnte in seinem eigenen Unglück, wie blind! Vielleicht war es ihr einziger Fehler, daß sie zu viele Kinder hatten. Man müßte wirklich öfter herkommen, um das herauszukriegen.
Auf dem Trampelpfad ging sie langsamer. Über die Wiese schwebte ihr ein Licht entgegen, es tanzte auf und nieder. Herzklopfend ging sie darauf zu. Sie hörte Lachen. Armin mit einem neuen Mädchen? Immer diese Furcht-Hoffnung! Es konnte Gott weiß wer sein. Der Weg war ja kein Geheimpfad. Erst als sie einen Schritt voneinander entfernt waren, blieben sie stehen. Das Licht streifte ihr Gesicht. Eine fremde Jungenstimme äußerte etwas, das anerkennend klang. Aber Silke verstand die Sprache mit den vielen ch-Lauten nicht. »Vielleicht ein Engel«, sagte dieselbe Stimme auf deutsch, »oder Hexe!« Eine Hand griff nach ihr, jemand schlug nach der Hand, und Silke hörte einen kurzen, heftigen Streit. Die zweite Stimme gehörte unverkennbar Armin. Ihr Herz tat einen Sprung vor Erleichterung und Freude. Sie standen so dicht voreinander, daß sie seinen Atem spüren konnte. Er hatte etwas getrunken. Das Wortgefecht schien damit zu enden, daß sich der andere geschlagen gab und davonging. Die Taschenlampe nahm er mit. Im Gehen malte er lauter Lichtherzen in die Luft.
Silke blieb abwartend stehen. Ob er sie überhaupt erkannt hatte in dem kurzen Augenblick? Sein Schweigen schien nichts Gutes zu bedeuten.

»Ich bin's«, sagte sie schnell, »erinnerst du dich noch? Ich dachte, du seist krank, und da . . . übrigens, deine Mutter ist sehr nett!«
»Und sehr komisch«, ergänzte Armin grimmig. Das langgezogene »säähr« gab Silke einen Stich. Wie hatte sie sein Kauderwelsch vermißt!
»Sie denkt, Mädchen, das man mag, soll man auch heiraten. Endlich ein deutsches Mädchen. Ich höre schon Jubel. Wann soll Hochzeit sein?«
»Man kann sich doch auch gern haben, ohne gleich an Heirat zu denken«, sagte Silke zaghaft. Wo war die Grenze? Wieweit durfte sie ihm entgegenkommen?
»Du – mich – gern?« fragte Armin ungläubig. Seine Schuhspitzen schoben sich an die ihren heran. Er beugte sich vor, ihre Köpfe berührten sich wie zufällig.
»War sehr traurig ohne dich«, sagte Armin leise.
Silke schluckte. Nur nicht sentimental werden! »Hast du eine gute Stelle?«
Er zog den Kopf zurück. »Scheißstelle!« Er hatte schon einiges gelernt. »Ich mach' Schluß. Ich geh' weg!«
Jetzt mußten sie schon wieder streiten. »Du kannst doch nicht einfach weggehen!« sagte Silke so sanft wie möglich.
»Kann ich doch! Siegfried und ich waren bei Behörde. Man kann zur Schule gehen, wenn man will. Staat hilft. Als wir ankamen, wollten wir nicht, wollten nur Geld verdienen. Aber jetzt wissen wir, man muß bleiben, also muß man Deutsch lernen, richtig lernen.«
»Wolltest du denn zurück nach Polen?« Die Vorstellung, daß er plötzlich ganz und gar verschwinden könnte, erschreckte sie. Jetzt hatten sie doch die Chance, einander hier und da zufällig zu begegnen.
Armin stöhnte. »Weiß nicht. Heute weiß ich nix. Alles durcheinander. Stell dir vor, ich kriege Geld für Lernen! Ein bißchen jedenfalls. Im März gehen wir weg auf Schule.«

Im März. Eine Gnadenfrist. Es klang so endgültig, als käme er gar nicht mehr wieder. Eigentlich war sie in die Siedlung gegangen, um ihm zu erzählen, was ihr im Frühjahr bevorstand. Und wieder war er ihr zuvorgekommen. Was sie betraf, war im Augenblick gar nicht mehr wichtig. »Ich muß nach Hause«, sagte sie.
Er wollte mit ihr gehen. »Bis März kannst du mich noch viele Male nach Hause bringen«, sagte Silke. »Geh jetzt zu deiner Mutter. Sie weiß ja gar nicht, was los ist. Stell dir vor, wenn dein Bruder ihr erzählt, du seist mit einem Mädchen durchgebrannt!«
Armin lachte unsicher. Er hatte sie nicht verstanden. Sie mußte ihm erst erklären, was »durchgebrannt« bedeutete. Spätestens in einem Jahr würden sie ohne Schwierigkeiten miteinander reden können, über alles. Aber in einem Jahr konnte man sich viele Male »verkrachen«. Er gab ihr einen schnellen Kuß. »Ich bin froh! Morgen warte ich. Dann wird alles wie früher.«
Silke nickte stumm. Aber das konnte er im Dunkeln ja nicht sehen. Sein fröhliches Pfeifen begleitete sie ein Stück des Weges. Sie war auch froh, aber wie früher konnte es nie mehr werden.
Die Probleme, die sie bisher nur geahnt hatte, lagen jetzt klar abgesteckt vor ihr, und auch Armin hatte sie erkannt. Nun konnten sie darangehen, sie zu lösen. Im Augenblick fürchtete Silke sich nicht. Man könnte es ja versuchen.

Gisela war noch nicht schlafen gegangen. Sie saß am Küchentisch und starrte in eine aufgeschlagene Zeitschrift, als Silke hereinkam. Die Küche roch nach alten Kochdünsten, als hätten sich alle Gerüche der letzten Jahre in den Möbeln und Gardinen festgesetzt. Die Mutter hatte sich über die Düsterkeit immer damit getröstet, daß es an heißen Sommertagen angenehm kühl blieb. Es nützte nicht viel, das Fenster zu öffnen, weil das Nachbarhaus zum

Greifen nah war. Es verbreitete ewige Dämmerung und schirmte sie gegen die Geräusche der Straße ab. Wenn im Frühjahr die Drosseln sangen, klang es fern und dünn. Als Silke noch kleiner gewesen war, hatte sie geglaubt, die Vögel sängen nicht für die Leute in der Eisenbahnstraße.

»Da bist du ja endlich!« sagte Gisela.

»Du hast auf mich gewartet?« fragte Silke ungläubig. »Ist was passiert?«

»Wie man's nimmt. Setz dich mal hin!«

Meinte sie es ernst? Silke starrte sie an. Gab es überhaupt noch Geheimnisse auf der Welt? Verliebt, verlobt, verheiratet. Dann waren die Sensationen vorbei. Sie konnte es erwarten. War Richard Wegener ein entsprungener Häftling, ein Millionenerbe? Richtig, es gab da noch etwas, eine kleine Sensation, etwas, worüber sich die Leute immer noch aufregen konnten. Der Gedanke kam ihr blitzartig, aber sie verwarf ihn sofort wieder. Die kühle, berechnende Gisela ?

»Ich bekomme ein Kind«, sagte Gisela, ehe Silke ihren Gedankenwust in Ordnung bringen konnte. Um ihre Mundwinkel zuckte es.

Silke reagierte blitzschnell. »Na und, was ist schon dabei? Das ist doch kein Grund zum Heulen!« fuhr sie Gisela an.

»Ich heule weiß Gott nicht vor Rührung!« preßte Gisela hervor.

»Freust du dich denn gar nicht?« fragte Silke etwas weniger forsch. Ein Kind zu bekommen – damit war in Romanen meistens eine große Freude verbunden. Wenn sie nicht schon bei der Hochzeit endeten, so war das Glück der Romanhelden spätestens beim ersten Kind vollkommen.

»Ich hätte nie gedacht, daß man so – so zornig darüber sein kann! Daß es ausgerechnet mir passieren muß!« Gisela ballte die Hände zu Fäusten. Silke versuchte es mit Gleichmut. »Wenn schon! Es ist doch heute gar nicht so schlimm, ein Kind zu bekommen. Es wird ja nicht einmal unehelich!

Ein Mädchen aus meiner Klasse . . .«

»Geh mir los mit anderen Mädchen! Diesmal bin ich dran! Und was weißt du davon, wie dem Mädchen aus deiner Klasse zumute war?«

»Es ist vorzeitig abgegangen . . .«

»Da hast du es! Was soll ich nur tun?« Giselas Gesicht war leer. Die Frage galt nicht Silke, die ihr gegenübersaß.

»Nichts!« sagte Silke. »Spätestens in einem Monat könnt ihr verheiratet sein. Ihr habt eine große Wohnung, was willst du mehr!«

Gisela schlug die Hände vors Gesicht. »Du hast gut reden! Mir kann keiner helfen!«

Silke wurde schon wieder wütend. »Ich kann dir diesen Richard nicht abnehmen und nicht das Kind für dich bekommen. Was willst du denn von mir. Ich find's jedenfalls nicht so umwerfend.«

»Du vielleicht nicht«, sagte Gisela, »aber die anderen – ich weiß noch gar nicht, wie ich es ihnen beibringen soll.«

»Ich bin die erste?« Nicht einmal in diesem Augenblick konnte Silke ihre eigenen Gefühle außer acht lassen. Die erste! Das war eine Ehre. Darauf war sie stolz.

»Ich wollte es dir unbedingt noch sagen, weil du vorhin so böse warst wegen der Wohnung. Die anderen merken es noch früh genug. Dann werden sie über mich herfallen«, sagte Gisela bitter. »Wenn ich mir die Bartels vorstelle! Die wird sich das Maul zerreißen!«

»Das wäre mir egal«, versuchte Silke sie zu trösten.

»Das sagst du jetzt! Komm du mal in meine Lage.«

»Und was sagt Richard dazu? Das ist doch das wichtigste!«

Gisela lächelte schwach. »Natürlich freut er sich. Er ist ein feiner Kerl. Aber wenn ich daran denke, was wir alles vorhatten, kriege ich das Heulen! Er wollte mir so viel zeigen.« Schon wieder flossen die Tränen. »Ich habe mich so gefreut, aus diesem Loch herauszukommen. Jetzt werde ich wohl bis an mein Lebensende drinbleiben müssen.«

Silke schwieg. Sie begriff, daß es Situationen gab, in denen kein Trost half. Zuhören – das war das einzige, was sie jetzt für Gisela tun konnte. Sie hatte sich etwas eingebrockt, das sich nicht mit Worten beiseite schieben ließ.
Trotzdem versuchte Silke es mit Worten. »Italien läuft euch doch nicht weg.« Es klang wenig tröstlich. »Du hast jemanden, auf den du dich verlassen kannst. Guck mich an ...«
Gisela wischte sich wütend die Augen. »Die Leute liebe ich, die einem unter die Nase halten, wieviel schlechter es ihnen geht! Willst du dich etwa beklagen? Du kannst nur froh sein!«
»Worüber sollte ich froh sein? Etwa darüber, daß ich bei der Großmutter eingemottet werde? Meinst du, das wird ein Vergnügen? Wenn Großmutter erst erfährt, was mit dir los ist, wird sie mich an Ketten legen. Irgendwas wird ihr schon einfallen.«
Gisela hatte sich etwas beruhigt. »Du darfst es ihr nicht übelnehmen. Sie ist alt. Mach es ihr nicht unnötig schwer. Ein paar Jahre wirst du es schon noch aushalten! Dann heiratest du, und dann ...«
»Und dann?« fragte Silke heftig. »Nichts mehr! Das ist mir zuwenig. Ich habe immer gedacht, wenn ich erst mal siebzehn bin, dann ist alles anders, alles besser. Nichts ist. Ich weiß noch weniger, was ich will. Mir kommt mein Leben so verpfuscht vor.«
Gisela lachte laut auf. »Jetzt mach aber einen Punkt! Was soll ich denn sagen? Nimm dir vor, es besser zu machen als ich, dann hast du schon was erreicht. Bist du eigentlich verliebt in ihn?«
Silke wickelte einen Gummiring um den Finger, bis ihre Haut dort weiß wurde.
»Ich bin nicht mehr so sicher! Als ich ihn nur von ferne kannte, war ich vielleicht verliebt. Ich habe richtig für ihn geschwärmt. Aber jetzt kenne ich ihn besser. Er ist nicht so

wie andere. Ich kann nicht zu ihm aufsehen oder mich auf ihn verlassen. Es ist fast umgekehrt. Das habe ich eigentlich erst heute begriffen. Vielleicht – wenn ich mit diesem Klaus gegangen wäre ...«

»Wer ist Klaus?«

»Ist ja egal. Mit einem anderen wäre es leichter. Aber ich glaube, ich möchte keinen anderen – im Augenblick.« Silke ließ den Gummiring über den Tisch schnellen. »Ich dachte, wir wollten nicht über mich reden?«

»Es paßt gerade gut. Probleme haben wir in dieser Familie ja immer aus der Welt geschwiegen. Das muß anders werden. Wenn ich mehr über meine Angelegenheit geredet hätte, wer weiß, ob ich jetzt ein Kind bekäme. Hast du Probleme?«

»Ich passe schon auf mich selber auf!«

»Das habe ich auch gedacht! Man kommt manchmal in Situationen, da helfen alle guten Vorsätze nicht. Und ich weiß nicht, ob man sich mit allzuviel Vorsätzen beladen sollte. Man muß sich nur im klaren sein, was man tut. Dein Freund ist doch älter als ich, oder? Von ihm kannst du nicht erwarten, daß er noch lange den Goldjungen spielt. Du darfst erst recht nicht darauf bauen, daß er Rücksicht nimmt vor lauter Liebe. Liebe ist ja keine einseitige Angelegenheit, bei der einer die Vorteile genießt und der andere nur Rücksicht nimmt. So sollte es nicht sein.«

»Du redest wie die Katze um den heißen Brei. Was willst du mir sagen, soll ich ›auf mich aufpassen‹, oder soll ich die Pille nehmen?«

»Alles zu seiner Zeit. Wenn du Probleme kriegst, komm zu mir!« Gisela fuhr sich durchs Haar. »Ich verstehe gar nicht, warum wir nicht schon öfter miteinander geredet haben. Jetzt ist mir schon viel wohler!«

Sie sprang auf und sah sich unternehmungslustig um. »Am liebsten würde ich gleich anfangen aufzuräumen. Hier muß einiges anders werden!«

Sie öffnete alle Türen des bauchigen Küchenbüfetts und stöberte in den Fächern herum. Stück für Stück holte sie hervor. Zwischen Tassen und Zuckertopf pflegte die Mutter allerhand Krimskrams zu verwahren, Streichhölzer und Gummiringe, Kerzenstummel (für den Fall, daß der Strom einmal ausfiel) und Papierchen – keine wichtigen, bewahre, leere Briefumschläge, auf deren Rückseite Notizen standen (Freitag Schornsteinfeger, 14. 3. Kellerwoche), die ersten Malversuche der Kinder, Gutscheine, die die Mutter irgendwann einmal hatte einlösen wollen, und eine geheimnisvolle Einladung zu einer Fahrt ins Blaue.

Gisela wog das Bündel in der Hand. Dann stopfte sie alles zusammen in den Ofen. Das war ihre erste Tat zur Auflösung des Kapsreiterschen Haushaltes.

»Was macht ihr denn da?« kam es kläglich von der Tür. Da stand Dagmar im Nachthemd und rieb sich die Augen und sah beleidigt aus. »Warum seid ihr noch auf?«

»Marsch ins Bett! Du hast ja nichts an den Füßen! Wir kommen auch gleich!« Wie rauhbeinig das klang. So war das immer gewesen. Sie konnten ihre Gefühle, ihre Zuneigung nicht zeigen. Zu Silke sagte Gisela: »Das Gör wird mir ja fehlen. Aber für Dagmar ist es nur gut, wenn sie in feste Hände kommt. Onkel Sepp wird ihr schon den nötigen Ernst für die Schule beibringen. Jeden Morgen hübsch gedeckte Kaffeetische und abends keine albernen Fernsehfilme mehr.«

Später im Bett fragte Silke leise: »Und was ist mit Vater?«

»Ich weiß nicht genau, ob wir ihn bedauern müssen«, kam es aus Giselas Ecke. »Ich weiß so wenig von ihm. Ich glaube, ihm wird's gutgehen. Er braucht mal eine andere Umgebung. Manchmal hatte ich den Verdacht, daß er alles satt hätte, genau wie wir, den Laden, die Verantwortung und sogar uns. Ich kann ihn verstehen.«

»Er hat uns schließlich in die Welt gesetzt. Damit hat er doch eine gewisse Verantwortung übernommen!«

»Er hat zwanzig Jahre Rücksicht genommen. Wir brauchen ihn doch nicht mehr. Oder hast du das Gefühl, daß dir etwas Entscheidendes fehlen wird, wenn er fort ist?«
»Das weiß ich noch nicht.«
»Wir werden ja sehen. Mir hat er jedenfalls oft leid getan. Immer derselbe Trott. Jetzt hat er die Chance, einmal herauszukommen, und wenn ihm andere einen Teil der Verantwortung für Dagmar abnehmen, dann hat er eben Glück gehabt!«
»Ich möchte auch Glück haben!« murmelte Silke.
»Was hast du gesagt?«
Silke gab keine Antwort mehr. Jetzt wollte sie für sich allein denken. Sie lag auf dem Rücken und versuchte, die Ornamente an der Decke zu erkennen. Aber es war zu dunkel. Wie hatte sie dieses Zimmer gehaßt, diese Wohnung – und nun sollte sie befreit werden. War sie froh darüber? Für den Vater war es ein Glück, für Dagmar war es ein Glück, wenn sie es auch noch nicht wußte. Silke konnte lange nicht einschlafen. Du mußt Geduld haben, sagte sie sich. Über ihr zählte Frau Bartels' Standuhr die Stunden. In der Nacht schien sie sich mehr Zeit zu lassen als am Tag. Auch ihr nachhallendes nächtliches Dröhnen würde Silke fehlen.

Es war spät geworden gestern abend, kein Wunder, daß sie am nächsten Morgen verschliefen. Silke ließ sich Zeit mit der Toilette.
»Du willst dich doch jetzt nicht auf die faule Haut legen?« fragte Gisela, ganz die alte Gisela. Silke blieb ruhig. Sie bewachte ihr Brot im Toaströster. Es war, als sei sie gewachsen an den Dingen, die Gisela widerfahren waren. Gisela hatte ihr eine böse Erfahrung abgenommen. Aber es mußte sich erst zeigen, wie lange Silkes neue Gelassenheit vorhielt.
An der Wohnungstür stieß sie mit der Großmutter zusammen. »Das wird ein Donnerwetter geben!«

»Ach was, die brauchen mich doch!« Silke trollte sich. An der Haustür blieb sie stehen und atmete die klare Frostluft. Gerade verließ auch Heidi das Haus mit wehendem Schal. Sie winkte mit ihrer angebissenen Semmel. »Kommst du mit zum Neumarkt? Wir könnten zusammen gehen.«

Silke schüttelte den Kopf. »Geh schon! Ich hab's nicht so eilig wie du.«

Mit wippenden Schultaschen rannten verspätete Schüler an ihr vorbei. Einige nahmen sich noch Zeit, die Eisschicht auf den Pfützen zu zertrampeln. Silke sah ihnen nach. Wie, wenn sie Frau Seel besuchte? »Ich bin immer für euch da . . .« Vielleicht wußte Frau Seel besser Rat als Onkel Sepp. Fünf Jahre lang war sie ihre Klassenlehrerin gewesen, hatte Zweien und Fünfen verteilt. Sie mußte doch am besten wissen, wo Silkes »Stärken« lagen. Silke setzte sich gemächlich in Bewegung. An einer Ecke wartete sie, bis auch die letzten Nachzügler im Schulhaus verschwunden waren, das behäbig hinter den nackten Kastanien lag. Silke war jedesmal, wenn sie hier vorbeiging, aufs neue erstaunt, daß alles beim alten war. Da klebten die Weihnachtssterne aus Stroh und Buntpapier an den Fenstern wie jedes Jahr, und durch zwanzig geöffnete Türchen der Adventskalender schimmerte Kerzenlicht von drinnen. Der Schulmorgen begann mit Adventsingen, daran hatte sich auch in zwei Jahren nichts geändert.

Silke warf einen Blick durch die Gitterstäbe des seitlichen Tores auf den asphaltierten Schulhof. Wie oft hatte sie sich hier die Knie aufgeschlagen! In der Erinnerung gelang es ihr, sogar ein blutendes Knie schön zu finden.

Sie ging zum Hauptportal. Früher war es ihr gewaltig und ehrfurchterregend erschienen. Jetzt sah sie, wie eng und niedrig es war, und die Treppe, die sie im Halbdunkel durch die grünen Scheiben sah, war auch nicht so breit wie in ihrer Erinnerung. Das Bewußtsein, eigentlich nichts mehr hier zu suchen zu haben, gab ihr ein Gefühl des Ausgeschlossenseins. Sie suchte nicht nur Rat bei Frau Seel. Sie hatte Sehnsucht, noch einmal hineinzugehen, das Knarren der Holzdielen zu hören, die Haken voller Mäntel zu sehen – muffige Geborgenheit zu riechen.

»Wenn du Sorgen hast, dann komm zu mir!« Hoffentlich hatte Frau Seel das nicht vergessen. Silke schob sich seitwärts in den Flur, immer noch die schützende Tür im Rücken. Drei Stufen hinauf und dann nach links, da war das Lehrerzimmer, ein geheiligter Ort, solange man Schüler dieser Schule war.

Die Tür stand weit offen wie die Klassenzimmer auch. Niemand war zu sehen, aus dem zweiten Stock drang der dünne Gesang des Schulchores, der von Flur zu Flur zog und seine Weihnachtslieder sang. Die geöffneten Vierecke der Türen warfen flackerndes Licht auf die abgenutzten Holzdielen. Silke stand am Rand eines dieser Lichtecke und wagte nicht, es zu betreten. Sie lauschte dem näherkommenden Gesang. Hinter ihr klirrten Schlüssel. Sie drehte sich um und stand dem Hausmeister gegenüber, der sie mit strafendem Blick musterte. »Guten Tag, Herr Begemann«, wollte sie gerade sagen. Aber er kam ihr zuvor. »Was suchen Sie hier?«

Silke starrte ihn an. Erkannte er sie nicht? Er hatte sie oft genug vom Schulhof gejagt, wenn der Unterricht längst vorbei war und sie kein Ende mit dem Toben finden konnten.

»Ich möchte Frau Seel sprechen.«

»Frau Seel hat jetzt Unterricht«, sagte der Hausmeister, »Sprechstunde mittwochs zwischen zehn und elf. Aber erst wieder im neuen Jahr!«

Silke überlegte. Was hatte sie sich eigentlich eingebildet? Glaubte sie wirklich, daß Frau Seel zwei Jahre lang darauf wartete, ihr, Silke Kapsreiter, einen Rat geben zu dürfen? Vielleicht war es besser, gar nicht mit ihr zu sprechen. Was sollte sie ihr sagen? Die Auflösung einer Familie war keine

Sensation. – ›Ich bin dann ganz allein.‹ – Das machte vielleicht Eindruck. – ›Es liegt nur an dir‹, würde Frau Seel antworten. – ›Ich habe jemanden gern, aber ich weiß nicht, ob es der Richtige ist.‹ – ›Es muß ja nicht gleich der erste sein.‹ – ›Wenn er im März weggeht, bin ich immer noch bei Koselmann. Ich kann nichts. Mich will niemand. Ich weiß nicht, wie es weitergehen soll . . .‹

Nein, so hätten sie nicht miteinander geredet. Im ersten Augenblick hätte Frau Seel sie genauso verständnislos angesehen wie der Hausmeister. Sicher hätte sie überlegen müssen, ehe sie Silke erkannte, die Tochter des Gemüsehändlers, die so schnell gewachsen war, die mit dem dickköpfigen Vater. In Erdkunde war sie schlecht gewesen. Nie hatte sie sich einprägen können, welche Flüsse in die Donau mündeten, ganz davon zu schweigen, wo Allenstein lag.

Und wenn sie Silke endlich erkannt hätte, würde sie einige höfliche Fragen stellen, auf die Silke ebenso höflich antworten würde. »Wie nett, daß Sie mich besucht haben!« Damit hätte Frau Seel das Gespräch beendet und ihr die Hand gegeben. Was für die Schulzeit galt – ich bin immer für euch da, ich helfe euch, wo ich nur kann –, konnte nicht mehr für jemanden gelten, der vor zwei Jahren die Schule verlassen hatte und eigentlich gelernt haben sollte, »auf eigenen Beinen zu stehen«, wie der Direktor so schön zur Schulabschlußfeier gesagt hatte.

Silke drehte sich langsam um und ging grußlos davon. Die Tür zog sie lautlos hinter sich ins Schloß, genau dieselbe Tür, die man mit Schwung herrlich krachen lassen konnte. Alles war anders geworden. Der verkritzelte Tisch in der Schule war nicht ihr Tisch bei Koselmann. Vor ihr lagen die Tage leer und lang, ohne Aussicht auf Veränderung. Jeden Morgen das Fenster aufreißen und lüften, Stempel zurechtrücken, Tische abstauben (»auf die Putzfrauen ist ja kein Verlaß«). Mit welcher Gelassenheit die anderen diese

Eintönigkeit hinnahmen! Jeden Morgen erklärten sie einander gähnend, daß das ein öder Tag sei, und wenn er nur erst vorbei wäre. Und wenn erst Weihnachten wäre!
Und dann? fragte Silke sich. Danach fing doch alles wieder von vorn an, Stempelkarten kontrollieren, Maschinenlaufzeiten berechnen, Lagerkarteien prüfen, und die einzige Abwechslung bestand darin, daß man sich darüber amüsieren konnte, wenn Herr Roßbauer sich am ersten Arbeitstag im neuen Jahr noch nicht von seinem Silvesterkater erholt hatte. Vielleicht würden sie einen neuen Hilfsarbeiter in der Werkstatt bekommen, und irgend jemand würde sein Auto zu Schrott fahren.
Sonderbar, daß sie früher nicht bemerkt hatte, wie trügerisch diese Wegmarken des Jahres waren: Weihnachten, Ferien. Das Schuljahr war noch eine Veränderung gewesen, ein Schritt näher der Freiheit. Was hatte sie mit ihrer Freiheit angefangen!
Sie dachte an ihren leeren Tisch. Das war keine endgültige Lösung. Wer zwang sie, zu bleiben? Armin hatte den ersten Schritt getan. Man konnte noch etwas ändern. Dieser Tisch in der Arbeitsvorbereitung brauchte nicht der dritte Rang zu bedeuten, die unterste Stufe. Es kam auf den Standpunkt an. Vielleicht saßen nur junge Leute wie sie an diesem Tisch, Besucher auf der Durchreise. Der Tisch war etwas wie ein Sprungbrett in eine andere Zukunft, die nicht Koselmann hieß, kein guter Ausgangspunkt, aber noch war es nicht zu spät. Und wenn sie bliebe? In der letzten Zeit hatte es eigentlich wenig Ärger gegeben. Man war zufrieden mit ihr. Man war froh, daß sie ihre Arbeit ohne aufzumucken tat. Solche Leute brauchten sie. Wer sollte sie denn sonst tun – wenn nicht Silke Kapsreiter? Umschläge stempeln, Karten sortieren, Zahlen abschreiben – niemand war so dumm, sich dafür herzugeben! Längst hatte sie begriffen, warum der Personalchef sich so sehr um sie bemüht hatte.

Plötzlich hatte sie Mitleid mit den anderen, wie sie hinter ihren Schreibtischen hockten, Listen vor sich und zum Schein einen Kugelschreiber in der Hand, jeder ein Glas Grog in einem ausgeräumten Fach des Schrankes. Die Kerze im Fenster schimmerte mild. So saßen sie manchen Tag im Dezember und wunderten sich, wie schnell das Jahr wieder einmal vergangen war. Noch in zehn Jahren mochten sie so dasitzen und trockene Tannenzweige angokeln, sich über die vergangene Zeit wundern und überlegen, was aus der »Kleinen«, dem Honigkuchenpferd, geworden sei. Vielleicht würde man Frau Hankemeier zur Abteilungsleiterin ernennen, weil sie schon so lange da war und natürlich auch, weil sie tüchtig war. Frau Sillner würde sie in ihrer Abwesenheit vertreten. Fräulein Häring würde irgendwann einmal anders heißen, aber wenn sie ihre Ledergarnitur hatte, würde sie vielleicht von einer Stereoanlage träumen oder von einem Farbfernseher. Es gab eine Menge, wofür man sparen konnte. Auf diese Weise würde sie Koselmann treu bleiben. Natürlich könnte sie genau wie Gisela ein Kind bekommen, und dann hätte Silke eine Chance, an ihren Platz zu rücken.

Aber wollte sie das eigentlich?

Natürlich würde sie jetzt hingehen. »Ich habe verschlafen.« Jeder verschlief irgendwann einmal das Weckerklingeln. Sie würde noch eine Weile an jenem Tisch sitzen, um Geld zu verdienen. Sie brauchte Geld, wenn sie von vorn anfangen wollte. Sie würde zur Berufsberatung gehen genau wie Armin, im Frühjahr, wenn sich die Aufregungen über alle Veränderungen gelegt hatten. Einen Schritt weiter war sie schon gekommen: Sie wußte genau, daß sie so nicht leben wollte.

Ehe sie um die Ecke bog, sah sie sich noch einmal um. Wie gedrückt das Schulhaus unter den Kastanien lag, wie klein wirkte es unter dem hohen klaren Himmel! Trübselig blinzelte es mit seinen vielfach unterteilten Fensterscheiben. Der Kerzenschein dahinter verblaßte langsam gegen das zunehmende Morgenlicht. Silke schüttelte die Beklemmung ab. Der Besuch im alten Schulhaus war wie der Versuch, in Schuhe zu schlüpfen, die ihr zu eng geworden waren. Für den nächsten Schritt brauchte sie neue Schuhe.

Dieses Buch entstand in den Jahren 1970 - 72. Vieles hat sich seitdem geändert. Was damals noch stimmte, stimmt heute nicht mehr. Lehrherren warten heute nicht mehr und »nehmen einen mit Kußhand«. Volljährig wird man nicht mehr mit 21, sondern mit 18. Niemand gibt heute noch eine Lehrstelle auf, um schnelles Geld in einem Hilfsjob zu verdienen. Doch nun gibt es eine Fortsetzung der Geschichte von Silke und Armin. Sie heißt: NICHTS BLEIBT WIE ES IST. Grund genug, MAN KRIEGT NICHTS GESCHENKT in einer neuen Ausstattung herauszubringen.

Angelika Kutsch

# *Nichts bleibt wie es ist*

»Wenn Silke sich auf Zehenspitzen stellte und so weit vorbeugte, daß ihre Nase die Fensterscheibe berührte, konnte sie sehen, ob Armin draußen vor dem Tor auf sie wartete. Die Fensterscheibe hatte schon viele Flecken von ihrer Nase, denn jeden Tag um fünf Minuten vor halb fünf stellte Silke sich auf Zehenspitzen und drückte die Nase gegen die Fensterscheibe.
Obwohl Armin jeden Tag da draußen vor dem Tor stand, konnte Silke es nicht lassen, aus dem Fenster zu gucken. Ein bißchen war es der Test, ob sie ihn noch gern hatte. Ein bißchen war es auch die Angst, er könne eines Tages nicht mehr dastehen, obwohl sie ihn noch gern hatte. Ja, wenn er endlich wieder Arbeit fände, dann könnte sie es gut ertragen, ihn nicht am Tor zu sehen...«

Und Armin findet einen Job, als Tankwart, während Silke aufsteigt, vom Schreibsaal in ein Vorzimmer. Die Zukunft scheint gesichert. Sie machen Pläne für eine gemeinsame Reise. Nach Polen, Armins alter Heimat. Für Armin aber wird diese Reise mehr als nur ein Urlaub ...

Ravensburger Junge Reihe